CHOLLEY

Le grand guerrier

En couverture : Gérard Cholley, le grand guerrier,
joueur du Castres Olympique.

10, rue des Arts - BP 38028
31080 Toulouse Cedex
ISBN : 978-2-7089-2827-5
Dêpot légal : novembre 2011

Denis Tillinac

PRÉFACE DE JEAN-PIERRE RIVES

CHOLLEY

Le grand guerrier

ÉDITIONS
Privat

SOMMAIRE

PRÉFACE

Enfin un livre sur un pilier du rugby ! Un de ceux qui font l'ossature, l'histoire même de ce sport.

Enfin un livre sur « Chocho », alias Gérard Cholley, immense joueur du Castres Olympique et de l'Équipe de France. Le grand guerrier des Vosges, un des costauds de 1977. En effet on ne peut pas parler de Gérard sans évoquer Patou, Jacques et les autres. « Chocho » a fait peur aux Britanniques, inquiété les Argentins, marqués les All-Blacks et les Springboks, les Américains voulaient même le garder avec eux. Gérard a impressionné le monde entier du rugby.

Gérard a servi son club, le Castres Olympique, avec amour et fidélité. Il porte en lui la mémoire des émotions fortes du rugby, celles mêmes qui nous rendent un peu plus intelligents côté cœur et qui mêlées à un sentiment commun sont le départ de toute aventure humaine et de toutes les espérances.

Fraternellement.

Jean-Pierre Rives

Pages précédente:
Twickenham,
Angleterre / France
1975. Match gagné.

Ci-contre :
Le trio infernal,
Gérard Cholley,
Alain Paco, Robert
Paparemborde avec
leur sélectionneur
Toto Desclaux.

Il aime les grosses voitures, les maisons vastes, les grands espaces, les gros cigares. Il a la découpe d'un commando, d'un GI, d'un patriote fier du drapeau, de sa nation, l'âme candide d'un prêcheur évangéliste. Il y a en lui du Kennedy buriné conjugué à la sauce *corned beef*. Une démesure que reflètent sa silhouette et sa dégaine. On le voit de loin, il a toujours fait peur aux hommes, mais les enfants lisent dans ses yeux de la bonté et de l'innocence, ils vont à lui comme à un Père Noël géant.

Dans sa maison peuplée de chiens et de chats qu'il nourrit affablement, un gros drapeau des USA semble attester une citoyenneté d'outre-Atlantique. Pourtant il est français, patriote à l'ancienne mode : *La Marseillaise* lui soutire des émotions de sacristain. Mais depuis l'enfance il aime l'Amérique. Longtemps, il n'a pas vraiment su pourquoi, c'était le décor variable d'un songe invincible. À l'âge de 50 ans, il a cru savoir : en lui le réel et l'imaginaire se sont rejoints.

Entre-temps, il a vécu. Sa vie est un roman d'aventures avec des péripéties épiques, des épisodes inquiétants, des rebonds faramineux et un *happy end* comme dans les productions d'Hollywood.

Cerrutti, place de la Madeleine, essayage des costumes pour la tournée sud-africaine, en 1975.

Sa propriété surplombe un moutonnement de collines au large de Castres, une ville paisible de la France occitane. Nichée sur les coteaux castrais, elle offre une vue spectaculaire sur la Montagne Noire. L'agencement des pièces a beau avoir été dessiné à sa mesure, ses épaules ont du mal à passer certaines portes. C'est son havre, son repos du guerrier, il y consomme un bonheur familial agrémenté d'amitiés au long cours.

Pour pas mal de Français du sud de la Loire, Castres c'est lui et personne d'autre. Pour les Castrais, il est le héros de la ville, son emblème, sa mascotte, sa fierté. Quand il promène en ville ses 160 et quelques kilogrammes – des os, du sang, des nerfs, des muscles, un peu de beurre depuis qu'il vieillit –, on sort des bistrots pour l'apostropher. Toujours affectueusement : les gens d'ici l'admirent pour ses prouesses et sa légende, mais surtout ils ont pour lui de l'affection. Il s'arrête, leur sourit, les embrasse ou leur serre la main. Il a de la gentillesse en surabondance. « Presque trop », disent ses proches, ébahis que cet ancien caïd qui partout a semé la terreur soit un être aussi débonnaire.

Gérard Cholley, dans son club house. Le repos du guerrier.

DE LA BOXE AU RUGBY

Pour comprendre la transplantation d'un rêve américain dans les replis de l'Occitanie, il faut tourner à l'envers les aiguilles du temps jusqu'au printemps de l'an de grâce 1945 et débusquer aux confins des Vosges, dans une autre France profonde, un patelin du département de Haute-Saône connu de personne, Fontaine-lès-Luxeuil.

Hitler s'est suicidé dans son bunker de Berlin et Keitel vient de signer l'armistice à Reims avec les généraux alliés. La guerre est terminée. Des soldats américains ont fait escale dans la région. Un certain Albert Cholley, aide-maçon de son état, rentre de captivité en Allemagne. Il retrouve à Fontaine-lès-Luxeuil son épouse et leurs trois enfants, Ginette, Monique et Pierre. Les Cholley en auront quatre autres, dont Gérard.

C'est lui, le futur cador. Gérard Cholley naît le 6 juin 1945, un an jour pour jour après le débarquement des GI d'Eisenhower sur les côtes de Normandie. Au sortir du ventre de sa mère, il pèse déjà prés de six kilos. Ça promet du hors-norme, et la promesse sera tenue. Un demi-siècle plus tard, il apprendra qu'Albert Cholley ne pouvait pas être son père biologique. Question de date : lorsqu'il fut conçu, son père

Page précédente : À 17 ans, découverte de la mer à Juan-les-Pins pour la 1re fois.

Ci-contre : Gilberte et Albert Cholley, les parents de Gérard.

selon la loi, qui le reconnaîtra et l'élèvera, était encore prisonnier en Allemagne. Qui savait cela ? Sa mère assurément, sans doute la tante Julia ; d'autres peut-être. Son père ? Impossible de l'affirmer, mais au fil des décennies la mémoire familiale distillera des indices : certaines cartes postales timbrées d'Amérique, une salopette de facture manifestement *yankee*, un Mickey Mouse…

Les Cholley sont des humbles parmi les humbles, et dans l'après-guerre la vie n'est pas rose comme les murs de grès des Vosges de Luxeuil-les-Bains, la ville d'eau voisine, d'une élégance patricienne avec sa tour des échevins, ses hôtels Renaissance et ses thermes mis à la mode par Napoléon III. Fontaine n'est qu'un bourg rural sans prétention sur un promontoire d'où l'on voit moutonner la ligne bleue des Vosges. En contrebas de l'église, un chemin serpente près d'un sanctuaire à la Vierge et semble se perdre dans la campagne. Mais derrière un taillis se profilent les bâtiments d'une usine. Elle existait déjà, c'était la papeterie Gunther, la plupart des villageois y travaillaient. Dont le père de Gérard, un homme sévère mais probe et dur à la besogne. On ne mangeait pas gras tous les jours dans la portion de maison concédée à la famille,

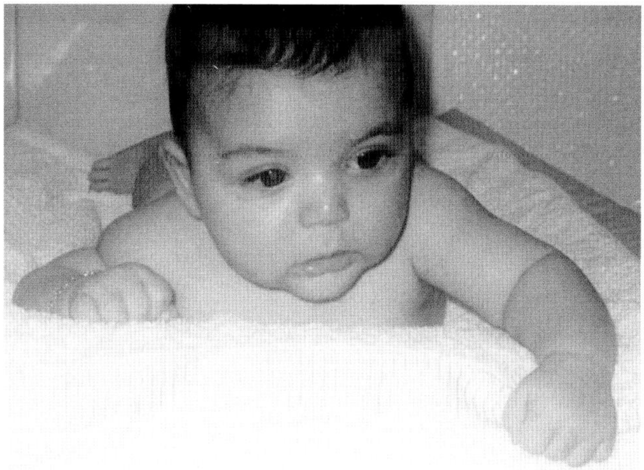

au sein d'un semis de bâtisses uniformes conçues pour l'hébergement des ouvriers de la papeterie. Paternalisme d'époque. Près de l'usine et enclose dans un parc trônait la maison de maître, et l'enfant Gérard admirait la traction avant qui rutilait devant le perron. Un jour, songeait-il confusément, j'aurai une voiture plus grande, plus belle. Une Américaine de préférence. Un jour, peut-être...

Derrière l'usine, cossue mais plus modeste, la maison du directeur : en ce temps-là, les hiérarchies sociales étaient strictes et semblaient immuables. Un jour, selon toute vraisemblance, Gérard travaillera à la papeterie Gunther, comme son père. Il sera ouvrier à vie, comme son père.

C'est une famille de prolétaires qui joint les deux bouts par la grâce et le labeur d'une femme courageuse : Gilberte Cholley, la mère de Gérard. Courageuse et très pieuse, tandis que son mari professe un anticléricalisme ostensible, ouvrant par bravade une boîte de pâté chaque vendredi saint. Histoire française ordinaire. Patricia, Alain et Yannick complètent une fratrie qui se serre les coudes : pas d'argent sous les matelas, mais beaucoup d'affection et du courage à revendre.

Ci-dessus :
Les premiers mois de Gérard.

Ci-contre :
Sur les bancs de l'école à Fontaines-lès-Luxeuil.

Pages suivantes :
Photographie de classe, 1952.

Dictée
Fleurs de printemps
imevères et pâquerettes sont des
s trop pressées. Elles n'ont pas
d parfum ; la terre est trop
encore!. Après elles les
cisses apparaissent
guet parfume les bois.

Fontaine-
-les-Luxeuil
1952
1

Gérard est une force de la nature, et très tôt révèle un tempérament de meneur. Il va grandir dans la froidure de ce village, avec ses frères, ses sœurs, sa bande de copains. Il va savourer les bonheurs des enfants pauvres en pêchant grenouilles ou écrevisses dans les ruisseaux, en allant ramasser les champignons dans les bois alentour, en jouant aux soldats le long d'une voie ferrée. À l'occasion, il joue aussi au foot, le sport lui plaît et il a des dispositions. C'est lui le chef, toujours, et quand éclate une bagarre on se pelotonne derrière lui, il cogne pour protéger. Pour se prouver aussi qu'il est et restera le plus fort. Rêve-t-il d'être un soldat pour de vrai, comme ceux de la BA 116 de Luxeuil aux uniformes bleus ?

Les rêves sont souvent fauchés en herbe à Fontaine quand on habite le numéro 13 de la rue de la Papeterie, quand le père et les frères aînés travaillent à la papeterie. On va à l'école jusqu'au certificat d'étude, et Gérard obtiendra le sien. Après, c'est l'apprentissage à la papeterie – en préalable au salariat de base –, toujours la papeterie. Ainsi sont tissés les destins prolétaires, dans les patelins de monoculture industrielle où l'ascenseur social n'embarque quasiment personne.

Gérard est donc apprenti à la papeterie. L'adolescence se profile avec ses convoitises. Il est beau gosse, les filles lui font de l'œil. À Saint-Loup, à Luxeuil, à Fougerolles, les bandes de jeunes ont entendu parler de ce grand baraqué qu'il vaut mieux ne pas provoquer. Les filles qui le connaissent ont beau dire qu'il n'est pas méchant, et même qu'il serait plutôt porté au romantisme, il fait peur.

Curieusement, il se comporte en chef de bande – dans les bars, dans les bals – sans abuser de la parole. C'est un introverti et nul ne se doute qu'en son for gronde une révolte. Sourde. Imprécise. Il refuse le destin qui lui est assigné. Il ne sera pas, toute sa vie,

Ci-contre :
Mi-ange, mi-démon.
Souvenir de sa communion.

Pages suivantes :
Photographie de classe, 1955

un ouvrier lambda de la papeterie. Il sera qui, il sera quoi ? Questions pour l'heure sans réponse, mais il sent, il sait que son avenir ne peut pas être cantonné à Fontaine-lès-Luxeuil entre les murs d'une usine et l'exiguïté d'une cité ouvrière.

À l'âge de 14 ans, il pèse 85 kilos et mesure 1,85 mètre. Un jour de fête foraine, à Luxeuil, les copains lui suggèrent de se mesurer aux lutteurs professionnels, boxeurs ou catcheurs. Si on ose les défier et si on les arraisonne, une rétribution est promise. Poussé par ses copains, Gérard se présente, monte sur le ring et envoie les lutteurs de foire au tapis. Stupéfaction des badauds. Bien entendu, le forain oublie de payer, mais désormais c'est jusqu'à Lure, sous-préfecture de la Haute-Saône, que son prestige rayonne. Les dirigeants du club de boxe local le sollicitent. Pourquoi pas ? Il a des fourmis dans les poings ; les forts en gueule qui osent le provoquer

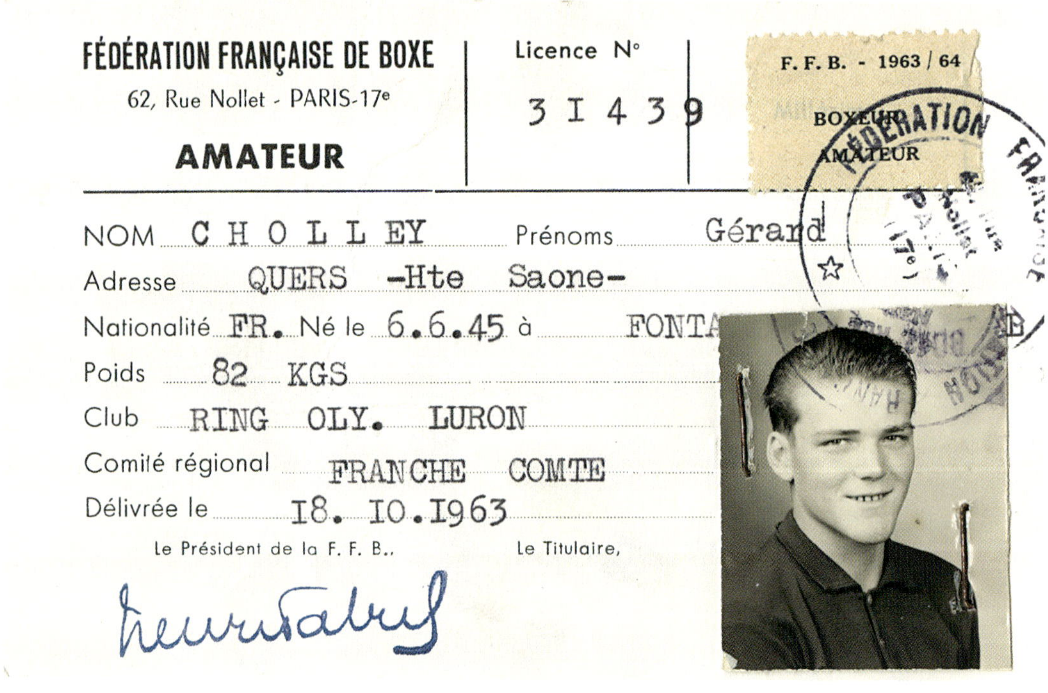
FÉDÉRATION FRANÇAISE DE BOXE
62, Rue Nollet - PARIS-17e
AMATEUR

Licence N° 31439

F. F. B. - 1963 / 64
BOXEUR
AMATEUR

NOM CHOLLEY Prénoms Gérard
Adresse QUERS -Hte Saone-
Nationalité FR. Né le 6.6.45 à FONTA[...]
Poids 82 KGS
Club RING OLY. LURON
Comité régional FRANCHE COMTE
Délivrée le 18. 10. 1963
Le Président de la F. F. B., Le Titulaire,

payent en gros hématomes pour le savoir. Autant apprendre à se battre dans les règles d'un art. Il signe une licence. Dès lors, une fois par semaine, il va se rendre en vélo à l'entraînement à Lure. 30 kilomètres aller, 30 au retour, dans la nuit, avec en guise d'épilogue une côte plutôt raide à l'orée de son village. Rien ne lui fait peur, ni les kilomètres, ni le froid hivernal, ni les *rounds* avec les boxeurs adultes, ni les gars de Lure qui commencent à jalouser ses succès féminins. Une nuit, il tombera de son vélo, s'ouvrira un genou, atteindra malgré tout Lure à pied, son vélo sur l'épaule, ensanglanté. Et il rentrera dormir à Fontaine après l'entraînement. À pied, car il ne daigne pas faire du stop, fierté oblige. Gérard ne sera jamais de la race des quémandeurs ; il prendra ce que la fortune, bonne ou mauvaise, lui proposera.

Lure est une aimable cité de 10 000 habitants qui à l'aune d'un adolescent campagnard peut incarner la magie des lumières de la ville. Si Gérard ne sait pas ce qu'il veut devenir, il sait, avec la force de l'évidence, que Fontaine est trop confinée pour sa fureur de vivre. En lui un appel du large imprécis promet des monts et des merveilles. Il aime et respecte ses parents, il aime ses frères et ses sœurs, il a de la tendresse pour son village, mais il doit partir. C'est impérieux.

Alors il va se poser à Lure, contre le gré de ses parents. Sans argent, sans autre viatique que son certificat d'étude – et des aptitudes à la boxe. Les dirigeants de son club sont ravis, ils misent sur lui, ses progrès sont étonnants, le sport de combat semble le révéler à lui-même. Cependant il faut nourrir sa carcasse. Gérard s'embauche dans une entreprise établie derrière la gare, qui décharge des wagons. Boulot idéal pour un costaud de sa sorte, et voilà notre ado – 15 ans, 16 ans, 17 ans – seul dans la ville,

Licence de boxe, en tant qu'amateur, en 1963 (Gérard a 18 ans). Il combat dans la même catégorie que des adultes.

ayant loué une piaule qui lui rogne la moitié de son salaire. Modeste la piaule, et modeste le salaire ! Souvent, en fin de mois, il dînera d'une baguette. En somme, l'avenir ne paraît pas beaucoup plus ensoleillé à Lure qu'à Fontaine. Tout de même, il a conquis sa liberté, au dam de ses parents. Mais rien de plus difficile que l'apprentissage de la liberté quand on est livré à soi-même. Une mauvaise rencontre, un désir de transgression, une ivresse mal contrôlée, peuvent ruiner l'avenir. Comme le fond est bon, Gérard revient parfois à Fontaine, pour ne pas désespérer sa mère. Les jours de la fête des Mères, il n'oublie jamais de lui offrir une tarte aux fraises : sous les dehors d'un dur à cuire, c'est un sentimental. Il faudra du temps pour que son père lui pardonne sa fugue.

La vie de Gérard serait morne s'il n'y avait la boxe et les copains. Il aime s'entraîner et il aime combattre. Les défis le galvanisent, il aime se mesurer aux boxeurs précédés d'une forte réputation. Il progresse, parvient en dépit de son jeune âge jusqu'aux quarts de finale du championnat de France amateurs, à Reims. Défaite aux points : il ne sera jamais K.-O. Sans doute se rêve-t-il en champion, dans le sillage de Cerdan junior, l'espoir français de l'époque. Ses dirigeants entretiennent ce songe de gloire sur un ring ; il n'ont jamais vu un gars aussi doué.

Les soirs, Gérard récapitule sa bande dans un bar. Car il a sa bande, des jeunes du coin qui spontanément se rangent derrière lui. C'est l'époque des blousons noirs, dont les modèles *made in* USA sont James Dean et Marlon Brando. Version française, les héros du film *Terrain vague*. À leur instar, on défie les bandes rivales, des bagarres éclatent et le colosse de Fontaine impose sa loi. Sa force est terrifiante. Il lui arrive d'empoigner un ennemi par les épaules et d'en user comme d'un sabre d'abordage. D'un bar l'autre une rumeur se propage : un monstre est dans nos murs, rien ne lui résiste. Un monstre plus ou moins médiéval. « Un voyou des rues », disent certains. Ils se trompent, mais la rumeur va atteindre un point de non-retour lors d'une véritable bataille rangée entre la bande à Gérard et celle d'une équipe d'ouvriers itinérants travaillant sur la voie ferrée. Là, ça cogne en pleine rue, Gérard se déchaîne, l'« ennemi » est aux abois bien qu'il soit plus nombreux, et la police doit intervenir pour éviter que morts s'ensuivent. La presse nationale se fait l'écho d'une castagne qui affole les notables de Lure. Rien de pire que de perturber la quiétude d'une ville de province : Lure se serait passée de cette publicité gratuite dans les radios et les pages faits-divers des grands quotidiens.

En fait, la bande à Gérard a été agressée, les policiers le savent, les magistrats aussi. Mais les charges du casseur de Fontaine sur le champ de bataille, armé d'une barre à mine, furent d'une telle violence qu'on peut craindre une vengeance. Sa vie est en danger, ni plus ni moins. Un magistrat le convoque pour lui conseiller d'aller se faire oublier ailleurs, et le plus loin sera le mieux. Qu'il décampe quelques semaines, les ouvriers du chemin de fer seront partis sur un autre chantier, il pourra revenir sans risque.

Adolescent timide – sauf sur un ring –, Gérard subit alors la fascination de Roger Pernot, un ami plus âgé que lui, plus argenté aussi, dont le père fait les marchés dans les villes de la région. À ces âges équivoques, on a besoin d'une complicité pour rêver, pour fabuler, pour mettre des mots plus ou moins concrets sur des projets plus ou moins fumeux. Gérard sait qu'il ne sera pas toute sa vie un manœuvre à Lure, Haute-Saône. Quel métier exercera-t-il ? Il n'est pas fixé ; sa bonne étoile en décidera.

Peut-être continue-t-il d'envisager une carrière de boxeur professionnel. Roger a des projets : une affaire à leur nom, peut-être un bar ou un restaurant. Ils le créeraient et le géreraient ensemble.

Pour l'heure, il faut quitter Lure. Nos deux compères partent ensemble, arrivent à Juan-les-Pins, ivres de liberté. Gérard n'a jamais vu la mer. Ni le sud de la France. Il a boxé un peu partout dans les villes de l'Est, pas ailleurs. La Riviera l'éblouit. Ils vont vivre de petits boulots, au jour le jour, dans une certaine indolence. Au début des années 1960, un jeune trouvait facilement des jobs, avec ou sans diplôme, la France twistait le rock avec Johnny, la vie semblait facile. Trois mois s'écoulent. Retour à Lure. L'« ennemi » a décampé, la ville a retrouvé son calme. Gérard va seconder son ami sur les marchés, en attendant de partir sous les drapeaux pour satisfaire à ses obligations militaires. Il a 19 ans. 1,93 mètre, sa taille définitive, 100 et quelques kilos, pas un centigramme de graisse. S'il y avait des imprésarios à Lure, son visage de gladiateur et sa musculature à la Schwarzenegger les intéresseraient sûrement ; on aperçoit dans ses yeux clairs une flamme qui s'allume par intermittence. Il se voit sans déplaisir en uniforme de soldat de l'armée française. Dans son panthéon intime, l'armée est une divinité majeure depuis la prime enfance. Il l'idéalisait en longeant la base aérienne à la sortie de Luxeuil. Cependant, son rêve n'est pas alors de devenir un militaire de carrière, mais un nageur de combat. Du baroud, de l'aventure, des risques : tel est l'idéal qui enflamme son imagination.

Il fait ses trois jours à Mâcon. Il veut être para, et coiffer le fameux béret rouge. Ses qualités physiques l'y prédisposent.

Ci-contre : Insigne de la 8e RPIMA de Castres.

Page de droite : Brevet de parachutiste, en 1964.

RÉPUBLIQUE FRANÇAISE
MINISTÈRE DES ARMÉES

BREVET MILITAIRE
DE
PARACHUTISTE

Le Ministre des Armées,
conformément aux Instructions en vigueur,
décerne le Brevet Militaire de
Parachutiste N° 226 214
au 2e classe Gérard GHOLLEY
à la date du 13 Octobre 1964

Fait à Paris, le 16 Novembre 1964
Pour le Ministre des Armées
et par délégation
le Général de Gunetain
Inspecteur des Troupes Aéroportées

De même les qualités morales : il est para dans l'âme. Il sera affecté au 8e RPIMA à Castres, Tarn. Il ne sait pas où se trouve cette ville et peu lui importe. À son âge, le mot « ailleurs » suffit à ouvrir la fenêtre des songes sur des panoramas désirables. Adieux à ses parents, à ses frères et sœurs, à ses copains. Adieux à Fontaine. Définitifs : il sait qu'il n'y vivra plus jamais.

Sous l'uniforme, la personnalité de Gérard Cholley commence à s'épanouir. Il aime la vie militaire, sa rigueur, sa franche virilité, ses élans de fraternité. Il aime les entraînements physiques, les départs en manœuvre, les sauts en parachute, les appels au drapeau. Il est fier de défiler coiffé du béret rouge. Ses chefs ont repéré ses aptitudes de meneur d'hommes sous les dehors d'une certaine timidité. Il prend du galon : caporal-chef, puis sergent. Une carrière s'offre à lui : soldat de métier. Son capitaine le lui suggère. Il hésite. Il signerait peut-être son engagement s'il était sûr de servir dans un régiment d'élite tel que le 8e RPIMA de Castres. L'armée ne peut pas le lui garantir et il se voit mal glander dans une caserne.

Ci-contre :
Grâce au 8e RPIMA, Gérard Cholley est catapulté, 10 ans après, en équipe de France de rugby.

Ci-dessous et pages suivantes :
Opérations de survie dans les Pyrénées.

En outre, il y a à Lure cet ami, son bon ou son mauvais génie, selon le point de vue. En tout cas le complice de ses années d'immaturité. La famille de Roger est aisée, elle l'aidera dans ses projets, et il envisage toujours de monter une affaire. Avec Gérard si possible. Peut-être à Lure, peut-être à Luxeuil, peut-être ailleurs. Roger a gardé une influence sur Gérard, qui du reste est très fidèle en amitié. Il lui propose un partenariat d'égal à égal. Pour un prolétaire comme Gérard Cholley, la perspective d'être son propre patron, avec pignon sur rue, a de grandes séductions. Il se sait capable d'animer une affaire de restauration. Le mot « communication » n'a pas encore contaminé le langage courant, mais ce qu'il recouvre correspond à une aptitude innée : polariser, dynamiser, créer de l'affectif autour de sa personne. Selon toute vraisemblance, lorsque viendra le moment de rendre son paquetage, Gérard ira retrouver Roger pour une aventure d'adultes. En outre, il n'a pas renoncé à la boxe. Il reprendra l'entraînement, remontera sur les rings et finira par s'imposer. L'armée n'aura été qu'une parenthèse formatrice. Ce gros calibre qui déambule nonchalamment dans les rues de Castres avec ses camarades de régiment n'est plus l'adolescent fiévreux qui zébrait d'éclairs orageux les nuits de Lure. Il ne se bagarre plus, il est sûr de sa force, ça lui suffit.

Sûr de lui ? On n'en jurerait pas. Une année s'est écoulée. Gérard va bientôt quitter Castres et ce RPIMA qui était devenu une seconde famille. Faute de projet, il va remonter à Lure, avec le sentiment peu enthousiasmant de boucler une boucle. Il vient du froid, il fera sa vie là-bas, ça ressemble à une fatalité.

LE RUGBY LUI OUVRE LES BRAS : DE CASTRES À L'ÉQUIPE DE FRANCE

Un dimanche, en fin de matinée, un tenancier de bar l'apostrophe. C'est René Coll, un ancien champion du club de rugby local, dont le bar est le siège. Gérard ne le connaît pas. Coll lui propose d'accompagner l'équipe réserve à Saint-Juéry, un patelin proche d'Albi. Il découvrira le rugby et éventuellement fera le quinzième s'il manque un gars, pour dépanner. Son physique a impressionné Coll. Une équipe de rugby a toujours besoin de gros bras.

Ce jour-là, Gérard Cholley aurait pu être ailleurs. Il aurait pu avoir fomenté une sortie avec des copains du régiment. Ou avec une copine, sans copains. Il aurait pu préférer passer son dimanche à Castres, plutôt que de se retrouver dans un autocar avec des inconnus. Il ne peut pas savoir qu'en acceptant, par pure curiosité ou par gentillesse, le cours de son destin se fixe à tout jamais. Il ne fera pas sa vie à Lure. Ni ailleurs.

Castres, sous-préfecture du Tarn, est connue grâce à son industrie textile, ses laboratoires pharmaceutiques de Pierre Fabre et par son club de rugby, le CO, Castres Olympique, couleurs bleu et blanc.

Les tissages ont périclité, comme l'industrie de la laine et du cuir dans les autres localités du

Page précédente : Gérard Cholley réceptionne la touche, sous le maillot du CO avec Marty dit le « Cèpe ».

département, Graulhet ou Mazamet. Il en reste le charme des anciens ateliers se reflétant dans la rivière Agout qui traverse la ville avant d'aller se jeter dans le Tarn. Le groupe de Pierre Fabre est encore presque embryonnaire au milieu des années 1960.

Quant au club de rugby, sa gloire se conjugue au passé, au dam des supporters locaux. Le département du Tarn est au cœur d'un univers très particulier, un royaume plutôt, celui d'Ovalie, une France occitane au sens large, une damasserie de terroirs où la tuile est romaine, l'accent chantant, l'apéritif anisé. Dans ces terroirs, le jeu de rugby focalise depuis un siècle les patriotismes de clochers et génère des chansons de geste où sont exaltés les glorieux anciens de Bayonne, de Narbonne, de Tarbes, d'Agen. Le rugby est davantage qu'un sport : l'ingrédient corsé d'une culture qui possède son patois, ses références, ses mots de passe, ses chants du départ, ses arènes. C'est une *Iliade* à la géographie invariable : Guyenne, Gascogne, Languedoc, vallée du Rhône, Massif central, avec des avancées dans la Bourgogne industrielle et deux bastides en terre étrangère, Toulon et La Rochelle. Le Tarn s'honore de plusieurs clubs haut de gamme. D'abord Mazamet, voisine et rivale de Castres, où un certain docteur Mias, capitaine de l'équipe de France durant les années 1950, a hissé le club jusqu'à la finale du championnat de France, en 1958. Puis Graulhet, où s'illustre alors un certain André Abadie. Carmaux, la ville minière, a été championne de France en 1951. Albi et Gaillac ont aussi leurs lettres de noblesse.

Castres Olympique a tenu le haut du pavé après la guerre, avec une victoire en coupe de France (1948) et deux titres de champion (1949, 1950). Les joueurs de cette génération sont devenus des héros locaux : le capitaine Matheu déjà titré avec Agen, Moreno, Siman, Chanfreau, Balent, Jean Pierre-Antoine,

Sorties des vestiaires
du Parc des Princes.
Match du tournoi
des V Nations.

Espanol et ce Coll, instrument du destin à venir de Gérard Cholley. Personne n'a oublié les deux finales victorieuses, l'une contre Mont-de-Marsan qu'il a fallu rejouer, l'autre contre le Racing, disputées à Toulouse au stade des Ponts-Jumeaux. Elles ont nourri la verve d'un personnage truculent, célèbre dans toute l'Occitanie : l'abbé Pistre. Ce prêtre est né à Mazamet et a joué à Albi, mais il a exercé son sacerdoce dans la paroisse de Saint-Jacques avant d'être nommé à Noailhac. Le dimanche, on voit sa soutane dans les tribunes des clubs de la région ; il a fait avancer l'heure des vêpres pour ne pas manquer le coup de pied d'engagement. Ses chroniques rugbystiques dans la presse régionale, ses mots d'auteur, ses levées de coude, sont commentés dans les bistrots. Pour les rugbyphiles, Castres c'est lui, autant que la bande à Matheu.

L'abbé Pistre est décédé en 1981. À l'époque où Gérard porte l'uniforme du 8e RPIMA, le club cher au grand cœur de l'ecclésiastique végète quelque peu. Certes, il appartient à l'élite de la première division et se qualifie occasionnellement pour les phases finales du championnat. Aucune équipe ne vient jouer à Castres en toute décontraction ; les joueurs du CO sont coriaces sur « leur » herbe du stade qui porte le nom de Jean Pierre-Antoine, un valeureux deuxième ligne du CO, boucher de son état, mort dans les vestiaires à la fin d'un match à Montréjeau. Reste qu'ils souffrent de la comparaison avec leurs aînés. Le titre de champion matérialisé par la garde à domicile du bouclier de Brennus, toutes les cités de l'Ovalie en rêvent, entre les premiers frimas et les premières jonquilles. À Castres, on en est réduit à se bercer de nostalgie, en cette année 1965 où les trompettes de la renommée rugbystique sonnent du côté d'Agen, Lot-et-Garonne.

Gérard Cholley ignore ce que représente le bouclier de Brennus. Le rugby a si peu droit de cité aux confins des Vosges et de la Haute-Saône qu'il n'a même jamais vu, sur un écran de télévision, l'équipe de France disputer un match du tournoi des Cinq Nations. Il sait forcément que Castres a connu la gloire en Ovalie, on s'en gargarise sans relâche dans les chaumières, mais il ne connaît aucun joueur du club. Touche, mêlée, en-avant, renvoi aux vingt-deux : le rudiment le plus élémentaire lui échappe lorsqu'il endosse dans le vestiaire de Saint-Juéry un maillot blanc et bleu du Castres Olympique. Étant donné sa taille, on le case en seconde ligne, avec mission de pousser en mêlée, d'essayer de glaner des ballons en touche, d'épauler ses équipiers dans les regroupements. Si par mégarde le ballon lui échoit, il percutera jusqu'à ce qu'il se retrouve à terre, en prenant garde de ne pas lâcher l'objet ovale des convoitises. Instruction supplémentaire : si un équipier est agressé, qu'il cogne ! À Saint Juéry, ça défouraille sec, il se croit revenu sur un ring, il est ravi. Les dirigeants aussi. Nouvel essai le dimanche suivant, à Carmaux. C'est un derby, ça dégoupille, Gérard se régale : ce jeu de mains et de vilains a décidément tout pour lui plaire.

Le voilà apprenti rugbyman. On lui fait signer à la hâte une licence. Les dirigeants médusés se félicitent d'une recrue certes ignare quant aux règles, mais Gérard court plutôt vite, saute plutôt haut, il est adroit, endurant et surtout d'une puissance incroyable. En outre, il a envie de progresser, il aime s'entraîner. Quand ça chauffera, il ne se sauvera pas, c'est une sécurité. Serait-ce la perle rare dont le club a besoin pour redorer son blason ? On le saura sans tarder.

Quinze jours après avoir tenu en main son premier ballon de rugby, il va connaître l'honneur périlleux de débuter en équipe première, à Castres, contre un monstre sacré du rugby français : le FC Lourdes, maintes fois champion de France sous la houlette de Jean Prat, longtemps capitaine de l'équipe nationale, et qui le redeviendra en 1968 sous celle de Michel Crauste, même pedigree. Gérard a 20 ans. Affronter Lourdes ne lui fait pas peur. Du reste, les noms de Crauste ou de Gachassin ne sauraient perturber son sommeil, il ignore l'aura du « Mongol » et de « Peter Pan » dans l'imaginaire des rugbyphiles. Lourdes vient à Castres pour gagner. Castres ne peut pas se permettre de perdre à domicile. Comme dans chaque club, les équipiers de Crauste – joueur exceptionnel et personnalité emblématique – disposent d'un commis aux basses œuvres. Autant dire un maillocheur censé déstabiliser l'adversaire, en bastonnant si nécessaire avec ses poings et ses pieds. Celui de Lourdes est une seconde ligne chauve, mais pas manchot, qui s'appelle Massebœuf. On charge Gérard de le surveiller de près, et d'agir au besoin. Il s'acquitte consciencieusement de cette besogne : le match débute, les esprits s'échauffent, Massebœuf et Cholley s'empoignent et se font expulser l'un et l'autre.

C'est un début qui fait causer dans les bistrots du Tarn : un bidasse anonyme a osé se mesurer à Massebœuf. Gérard a d'ores et déjà pris goût au rugby, sans se douter toutefois qu'il portera pendant quinze saisons le maillot du Castres Olympique et en deviendra le porte-étendard. D'abord dans le rôle de démolisseur. D'autres disent d'« anesthésiste ». Très vite, une rumeur se propage depuis le Tarn jusqu'aux extrémités de l'Ovalie : Castres a trouvé un seconde ligne, un ancien para, grand, baraqué et qui n'a peur de rien. Et qui fait peur à tous, sauf aux supportrices castraises, charmées par sa belle gueule et sa prestance. Très vite aussi, Gérard apprend à jouer au

Licence Senior,
Castres Olympique.

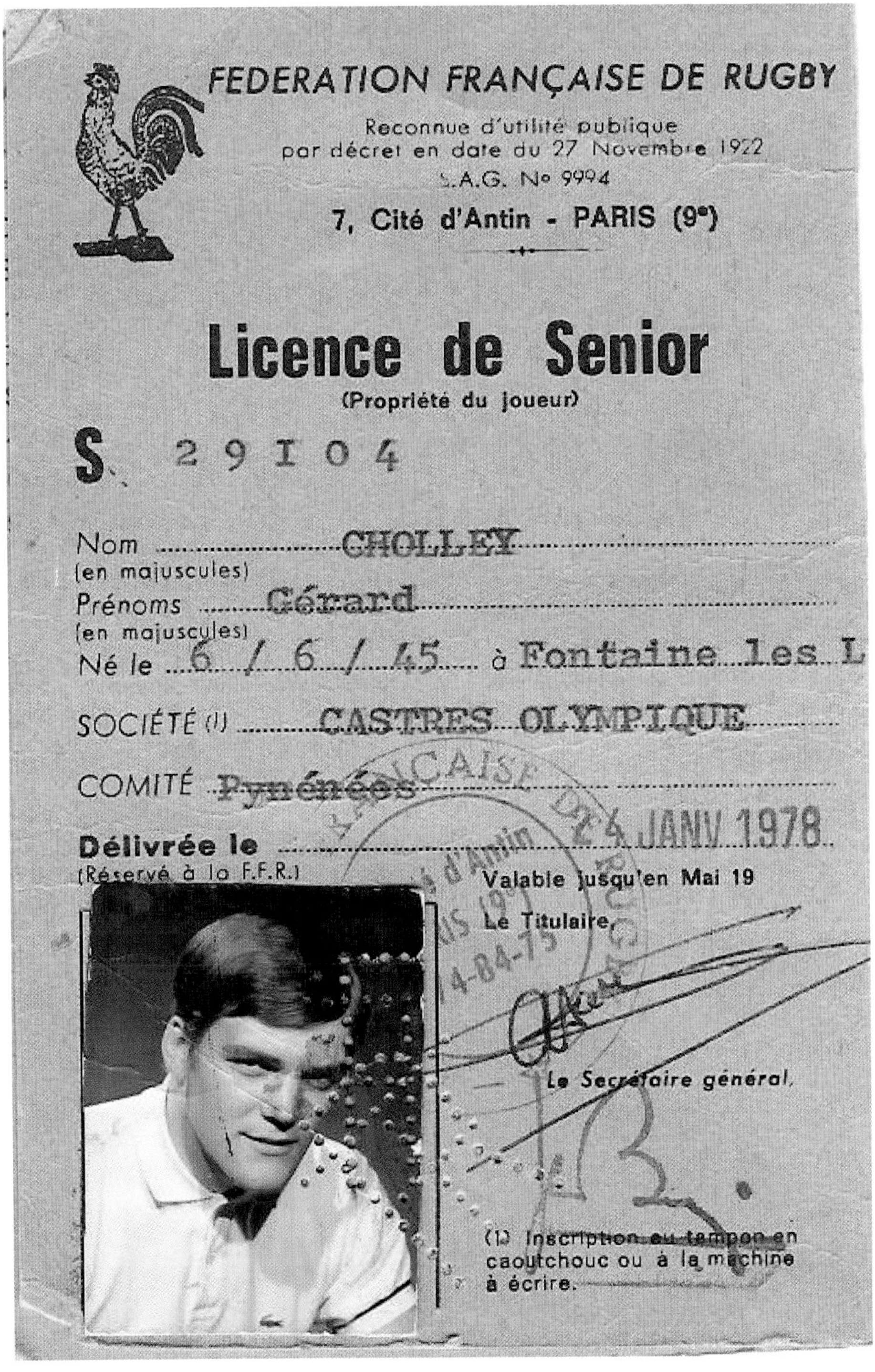

FEDERATION FRANÇAISE DE RUGBY
Reconnue d'utilité publique
par décret en date du 27 Novembre 1922
S.A.G. N° 9994
7, Cité d'Antin - PARIS (9e)

Licence de Senior
(Propriété du joueur)

S 29104

Nom (en majuscules) CHOLLEY
Prénoms (en majuscules) Gérard
Né le 6 / 6 / 45 à Fontaine les L
SOCIÉTÉ (1) CASTRES OLYMPIQUE
COMITÉ Pyrénées
Délivrée le (Réservé à la F.F.R.) 24 JANV 1978

Valable jusqu'en Mai 19
Le Titulaire,
Le Secrétaire général,

(1) Inscription au tampon en caoutchouc ou à la machine à écrire.

radar

rugby, ce jeu d'autant plus compliqué que les règles changent souvent. En revanche, les vertus exigibles chez un avant sont invariables : ardeur au combat, esprit de corps. En somme les vertus de base d'un para digne du béret rouge.

Castrais par le hasard d'une affectation, Gérard va s'enraciner dans cette ville anciennement cathare par la grâce d'un sport auquel ses origines ne le prédisposaient pas. Il va vivre sa nouvelle passion au rythme des matchs dominicaux et de deux entraînements hebdomadaires, avec épilogue chez Raynal au buffet de la gare, pour l'apéro et les repas. Il va découvrir une fraternité d'armes plus rustique et bordélique que celle des paras, mais non moins gratifiante. Il va apprendre sur le tas une géographie inconnue des instituteurs de Fontaine-lès-Luxeuil : Oloron, La Voulte, Lavelanet, Tyrosse, Lannemezan, Le Boucau et autres lieux qui n'existent que par et pour le rugby. Très vite, il va acquérir une notoriété enviable dans le microclimat caniculaire de l'Ovalie. Le CO, dit-on, a trouvé un « justicier » qui sort de l'ordinaire. On commence à dire aussi qu'il joue bien.

C'est à Avignon, au bout de quelques saisons, que son avenir sportif va rebondir. Les avants de la cité papale sont rugueux au milieu des années 1970, et leur pilier international, Fernand Zago, use de toutes les ficelles, licites ou illicites, pour imposer sa loi. Son vis-à-vis castrais, un jeune, s'avère un peu tendre. Alors Gérard, qui est seconde ligne, « monte » d'un cran, s'improvise pilier, fixe Zago droit dans les yeux et l'affronte, bille en tête. Sa prestation sidère son entraîneur, au terme d'un match à la *muerte* où le sang a giclé de partout. Pilier de mêlée est peut-être la vraie vocation de Gérard. On le maintiendra désormais à ce poste. Traditionnellement, les piliers sont de taille plus concise, c'est une innovation. Elle n'emballe pas

Pages précédentes : Équipe de France France / Écosse, en 1975. Match gagné.

Pages suivantes : Parc des Princes, France / Pays de Galle, en 1977. Match gagné.

Gérard. Il a pris goût au jeu, il marque des essais et verrait plutôt son avenir en troisième ligne, poste où l'horizon du jeu s'élargit grand angle. La tâche du pilier est plus ingrate, il faut d'abord pousser en mêlée et protéger ses sauteurs en touche. Il se résigne toutefois à monter au front et son entraîneur s'en félicite. Il a l'échine d'un taureau de corrida, il s'avère excellent en mêlée, capable de plier son adversaire ou de le relever. Capable tout autant de l'allonger pour le compte si le contexte l'exige. Ballon en main, il faut deux joueurs au moins pour le plaquer, et il a appris à faire sa passe au moment opportun.

Longtemps, trop longtemps, Gérard traînera une réputation de poseur d'emplâtres, attestée entre autres par une longue suspension après un seizième de finale « viril » contre La Voulte à Toulon. L'antre du stade Mayol, il est vrai, a des ressemblances avec une arène, l'adrénaline y monte vite et le pilier adverse trichait. Gérard s'est borné à lui marcher dessus. En principe, on a le droit. Disons qu'il n'a pas marché sur la pointe des pieds, et l'arbitre l'avait à l'œil. On ne prête qu'aux riches, et Gérard terrorise ses adversaires, à l'extérieur autant qu'à Castres, car les vociférations d'un public hostile l'impressionnent à peu près autant que la pluie sur le dos d'un canard. Sait-il seulement que dans toutes les bourgades où Castres se déplace le pilier qui va l'affronter est « remonté » pendant toute la semaine par ses coéquipiers, son entraîneur, ses dirigeants, ses supporters, sa petite amie ? À Bègles, il se fait conspuer par les supporters locaux, qui n'ont pas oublié un match éliminatoire sur le terrain d'Auch où Gérard avait animé une mailloche d'enfer contre les « damiers ». Peu lui chaut. Il joue – de mieux en mieux –, il cogne et il encaisse. Lors d'un huitième de finale opposant Castres à Mont-de-Marsan sur le terrain de Lourdes,

Gérard, encore seconde ligne, est confronté à un ténor d'envergure mondiale : Benoît Dauga. C'est un joueur fabuleux, de haute taille, sec, noueux, sauteur émérite, et qu'il vaut mieux s'abstenir de taquiner. En Afrique du Sud, d'anciens Springboks n'ont pas oublié son rôle d'animateur en chef dans une des bagarres les plus célèbres de l'histoire du rugby international. Un marron de Dauga, c'est pour ainsi dire une promesse de civière, avec réveil tardif à l'hôpital. Il saute plus haut que Cholley. Lequel, pour l'en empêcher, le retient par le maillot. Crime de lèse-majesté ! Furieux, le grand Benoît lui allonge en pleine figure un swing qui eut assommé un bœuf. À son intense surprise, Cholley ne bouge pas d'un centimètre ; il se contente de se passer la main sur le visage, pour en ôter la boue. Dauga a eu mal aux phalanges pendant plusieurs jours. « Je n'ai jamais vu ça, raconte-t-il ; j'avais l'impression d'avoir frappé sur une enclume. » Aucun ancien adversaire de Dauga ne peut se prévaloir d'un tel compliment. Auteur d'un coup de godasse au visage du même Cholley, un certain joueur de Condom, paniqué en voyant Gérard se relever en fronçant les sourcils, prit le parti… de se faire exclure pour échapper à la vengeance. Et au match retour il se fit porter malade. Il faudrait de gros volumes pour narrer les mille épisodes des aventures de Gérard Cholley en bleu et blanc. Il ne cognait jamais le premier, jamais par derrière, et ne balançait jamais des coups de godasse. Mais chaque fois qu'il réglait un compte, ou presque, l'adversaire gisait au sol. Même le géant barbu de Tulle, Daniel Orluc, on le vit, un dimanche, à Castres, tomber raide sur l'herbe. À la longue, une dialectique s'instaura entre l'« efficacité » de Gérard et sa réputation. Il intimidait. Il narguait l'auteur d'un mauvais coup. « Félicitations ! » lui murmurait-il avec un drôle

Ci-contre :
Avec Benoît Dauga.

Pages suivantes :
France/All Blacks
Test Match, Toulouse
1977

de sourire, et le gars tremblait comme une feuille, car le châtiment était inexorable.

1965-1980 : quinze saisons de rugby dans un club de moyen tonnage. Parfois, le CO se qualifiait pour cette phase éliminatoire qui chaque printemps met les terroirs d'Ovalie en état d'effervescence. Quelques seizièmes de finale, un huitième, une victoire dans l'éphémère challenge Jauréguy (1975), mais aussi des saisons où le seul objectif était de ne pas « descendre » dans l'enfer de la seconde division, et par deux fois une relégation dans le groupe B, autrement dit la sous-élite. Le CO remontait la saison suivante. Il y avait pourtant des bons joueurs à Castres : les piliers Deon et Desplats, les secondes lignes Julian et Gorsse – deux policiers –, les troisièmes lignes Roques – gendarme –, Raynaud, Garcia, Costesèque. Agriculteur prés de Toulouse, Déon possède les vertus de l'antique ruralité. Julian saute haut, Gorsse a la main lourde et Roques, longtemps capitaine, est un avant de devoir. Deux joueurs connaissent durant ces années de vaches moyennement grasses les honneurs d'une sélection nationale : les attaquants Rui et Cimarosti, vifs, primesautiers et élégants. Malheureusement décédé lors d'un accident de voiture alors qu'il entraînait Villefranche-de-Lauragais, Rui était aussi un excellent buteur. Il débutait quand Gérard termina sa carrière. Cimarosti a été deux fois international au sens plein du terme. Les centres Tarayre et Carayon ont toujours posé des problèmes aux frères Boniface, ce qui est une référence majeure. Ils figuraient souvent dans les sélections régionales de Midi-Pyrénées. Calmet à la mêlée, Ciers, Piovesan, l'arrière Laprade, n'étaient pas non plus des joueurs médiocres, et vers la fin Tristani et Garbajosa, deux avants de réelle envergure, ont renforcé le pack du CO.

Rien de plus important pour un pilier que sa connivence avec son talonneur. À cet égard, Gérard fut comblé, en la personne de Marc Arganèse, un Castrais dont la famille était originaire des Pouilles. Petit, râblé, adroit, intrépide au combat, « Marco » aura été un des meilleurs talonneurs français de sa génération, plusieurs fois sélectionné en équipe de France junior puis en France B, l'antichambre de l'équipe tricolore. Pendant des années, il partagea la chambre de Gérard lors des déplacements, succédant à Carayon dans ce rôle de « conjoint » dominical. Marco avoue son bonheur – et son confort – d'avoir talonné aux cotés d'un pilier qui fut, selon lui, le meilleur au monde. Il devint et demeure, pour Gérard, un ami, un complice, une sorte de petit frère. Question d'affinités morales : Marco Arganèse, catholique pratiquant, est un homme modeste, droit et fidèle. Employé municipal au service des sports, il a continué de servir son club, après sa retraite sportive, comme entraîneur puis éducateur des jeunes. Sur le terrain, Gérard le protégeait autant et plus que nécessaire. Marco n'en aura jamais fini de vanter ses qualités de joueur, de galvanisateur, de combattant. D'ami aussi. À confesse, il dut souvent plaider l'indulgence pour son capitaine, sur lequel pleuvaient les exclusions et les suspensions.

La réputation de Cholley était vraiment déplorable, et ses dirigeants en portent largement la responsabilité. Il aimait toucher le ballon, animer le jeu, risquer des échappées. Il courait vite, marquait des essais. Il pouvait même botter à l'occasion, comme il le fit un dimanche, contre Oloron, suppléant Piovesan qui était dans un mauvais jour. Trois pénalités, une transformation : ses équipiers n'en revenaient pas. Mais au lieu d'exiger qu'il canalise ses pulsions belliqueuses, on lui assignait pour tâche prioritaire de « dégonfler » l'adversaire. Il s'en acquittait avec la même conscience qu'il mettait dans son activité professionnelle. Au milieu des années 1970, dominées par l'AS Béziers, les initiés estimaient tous que le Castrais Cholley était le meilleur pilier français. C'était l'opinion de Raoul Barrière, ancien pilier et précisément entraîneur de Béziers, de Walter Spanghero et d'André Hérréro – deux avants légendaires –, mais aussi de Marcel Batigne, président de Graulhet et haut dirigeant national. En qualité de voisin, il avait souvent l'occasion de superviser Gérard à Castres, et ne tarissait pas d'éloges sur ses dons de dynamiteur. N'avait-il pas fait reculer Vaquerin à Béziers et Azarete à Saint-Jean-de-Luz, deux internationaux en titre, réputés invincibles, surtout « à la maison » comme on dit en Ovalie ? « Quel dommage », répétait-on dans les salles de rédaction de *L'Équipe*, de *La Dépêche du Midi* ou de *Midi olympique*, l'hebdomadaire jaune du rugby ! Oui, quel dommage et quel gâchis ! Cholley va avoir 30 ans, le temps (bref) de la maturité pour un pilier, il a largement le niveau international, mais on ne saurait envisager une sélection, il est grillé parce que trop enclin à confondre un terrain avec un ring. Si on le retenait, les Britanniques s'insurgeraient, ils espionnent le championnat français et doivent savoir de quoi il est capable quand une colère lui échauffe les neurones. D'ailleurs, il ne se berce d'aucune illusion ; les dirigeants de la Fédération, croit-il, l'ont définitivement rayé de leurs listes. Le discrédit qui pèse sur Gérard semble irrémédiable. On connaît son passé de boxeur et de para, il accrédite la thèse admise dans le sérail : bon gars dans la vie, mais sur un terrain quasiment un hors-la-loi.

Ci-contre :
France/Écosse 1975, en position de touche.

Pages suivantes :
Dans le vestiaire français en 1978, Jacques Fouroux soigne Gérard Cholley.

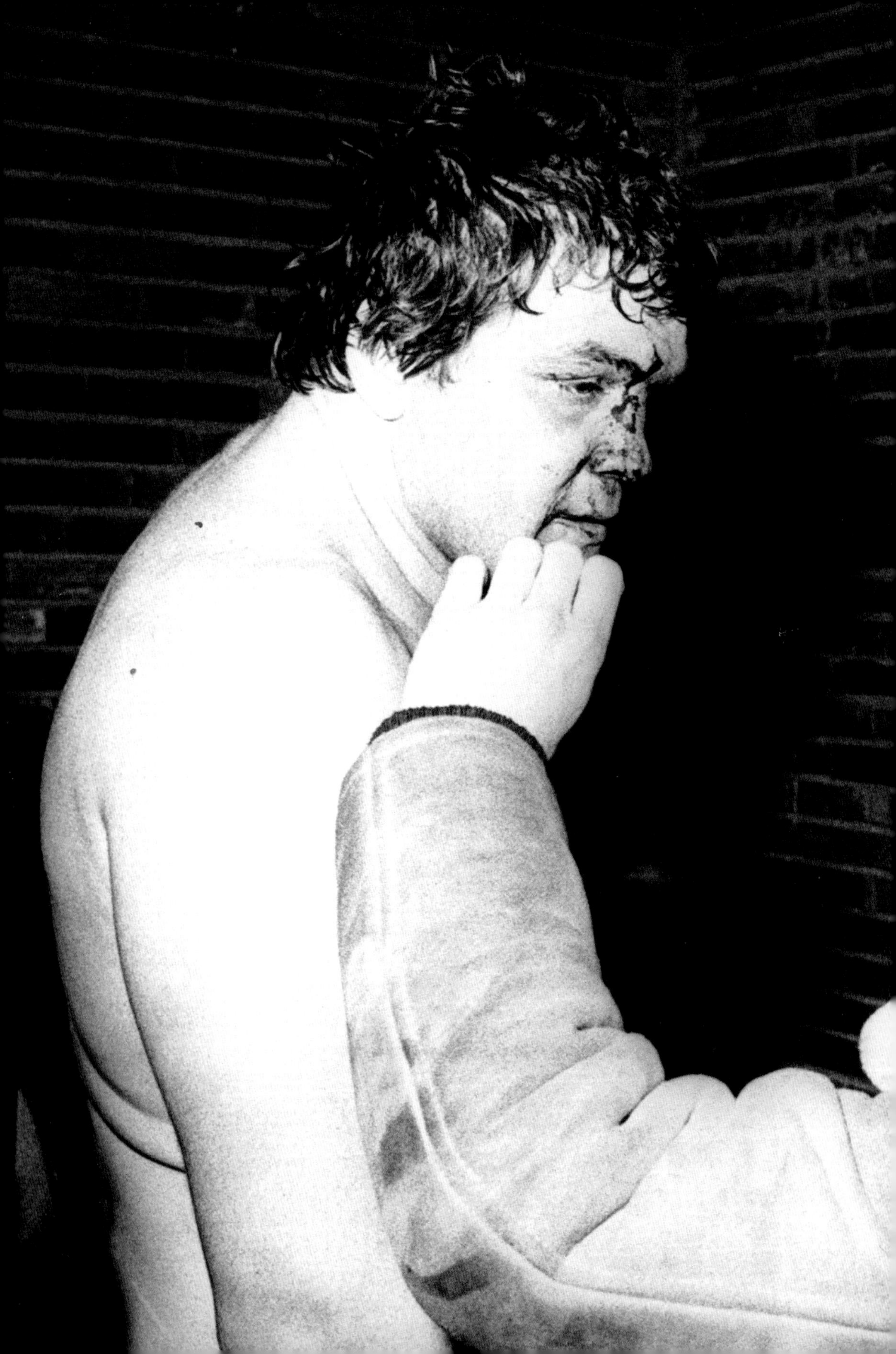

En 1977 avant le match, les Français dédiaient ces quelques roses aux Anglais ! Équipe de France du Grand Chelem 1977, équipe d'anthologie qui avec les 15 mêmes joueurs gagnera le Grand Chelem sans remplaçants.

Les miracles existent. En 1974, les Springboks sud-africains de Marais effectuent une tournée en France, précédés d'une réputation de tueurs à gages. Pour les affronter sans risquer le ridicule, mieux vaudra aligner des taureaux morts de faim plutôt que des agneaux repus. Du coup, les sélectionneurs daignent se souvenir de Gérard Cholley. Aucun risque qu'il se laisse piétiner. Ainsi, en dépit ou plutôt grâce à sa réputation, est-il retenu pour une rencontre à Lyon, le 2 novembre. Cette reconnaissance tardive le réjouit. Pour autant, que l'adversaire soit auréolé de la légende Springboks ne l'émeut pas outre mesure. Gérard est un homme de devoir : affronter un « Sud-Af' » à Lyon ou un Basque sur le sol rêche et poussiéreux de Piquessary au Boucau, c'est toujours une histoire de deux hommes face à face. Impossible, en dépit de sa modestie, de lui faire citer un pilier qui l'aurait vraiment impressionné. Sauf peut-être Louis Blanc, le Montalbanais, mais c'était à ses débuts et il ne jouait pas en tête de mêlée. Il avoue aussi une certaine considération pour la tenue en mêlée de Hortoland, un international biterrois émigré à Narbonne.

Double bonheur : Marco Arganèse sera le talonneur de la sélection, qui comprend deux avants de seconde ligne appelés à un grand avenir, le Biterrois Palmié, *alias* « la Palme » ou « la Momie », et le Perpignanais Imbernon. Presque autant que Gérard, ces deux grands et gros gabarits passent pour de généreux distributeurs de marrons. Si la sélection française perd le match, Gérard y gagne un strapontin dans l'antichambre de l'équipe nationale. Il n'ose pas trop y croire. Ses énormes qualités de guerrier sont reconnues, mais on doute encore qu'au poste de pilier il puisse se confronter à des internationaux chevronnés.

En janvier 1975, divine surprise, il entre en équipe de France par la porte de l'office, celle des remplaçants, au Parc des Princes contre le pays de Galles. Il découvre l'ambiance tricolore, la tension avant le match, le banquet en smoking et nœud papillon, toute la magie du tournoi. C'est inespéré. Plus inespérée encore, sa première sélection d'international, comme titulaire, le 24 janvier 1975 à Twickenham. On imagine son émotion lorsque dans ce temple du rugby l'ancien béret rouge entonne La Marseillaise avant que retentisse le *God save the Queen* chanté avec ferveur par quatre-vingts mille Anglais. On imagine aussi la fierté de ses parents, de sa fratrie : Gérard sur le pavois, à la télé, un coq sur la poitrine. C'est la première fois que les télévisions de Fontaine-lès-Luxeuil sont allumées pour un match de rugby. Mais pas la dernière.

ANGLETE

Twickenham est le prologue d'une aventure fantastique. Elle aurait pu tourner court, car au Parc des Princes contre l'Écosse, face au célèbre pilier McLaughlan, surnommé « Mighty Mouse », expert en provocation, Gérard renoue avec ses démons et balance deux marrons bien ajustés. *Shocking* ! Inventé par les Anglais dans leurs collèges, le rugby est toujours régenté par les Britanniques. La France est seulement invitée – par eux – dans le tournoi des Cinq Nations. Nos dirigeants ont en mémoire qu'au début des années 1930 nous en fûmes exclus, au double motif que les joueurs de notre championnat touchaient de l'argent sous la table et qu'ils se battaient comme des chiffonniers. Double effet pervers d'une compétition qui depuis le début du siècle attise les antagonismes de clocher. La France fut à nouveau admise dans le tournoi après la Libération, mais sous haute surveillance. La presse britannique, jamais suspecte de francophilie, se déchaîne contre ce « *frenchie* » inconvenant. Soucieux de noyer le poisson, le président de la Fédération, Albert Ferrasse, l'engueule copieusement et publiquement lors du banquet d'après match, mais il ne le sanctionne pas. Les anciens, il est vrai, certifient que de son temps, à Agen, Ferrasse usait sans trop de vergogne du poing et de la godasse ; les débordements de Gérard lui rappellent sans doute de bons souvenirs de jeunesse.

Incident clos, et désormais le Castrais de l'équipe de France va devenir au plus haut niveau ce qu'il est : un grand joueur. Pilier gauche, pilier droit ? Il n'a pas de préférence. Il sait, autant que de besoin, relever son adversaire ou lui faire brouter l'herbe. Il sait protéger un sauteur. Il sait œuvrer dans un regroupement, et la force de ses bras lui permet de récupérer le ballon dans la marmite. Il sait percuter, feinter ou passer.

Port-Elizabeth (Afrique-du-Sud), première et unique expulsion en tant qu'international, en 1975.

FFR

Au terme de son premier tournoi, où la France termine à la seconde place, derrière le pays de Galles, Gérard participe durant l'été à une tournée en Afrique du Sud. Son équipier castrais Michel Julian a également été retenu, ils découvrent conjointement les joies et les servitudes de la vie collective en tournée. À Port Elizabeth, lors d'un match où Gérard prend son adversaire bille contre bille, l'arbitre l'expulse à deux minutes de la fin. Grâce au ciel, Batigne est le patron de la tournée. Il exige qu'il joue le match suivant. Sous-entendu : Cholley prend peut-être un peu vite la mouche, mais par temps orageux on a besoin de lui, point final. Du reste, après la rencontre, Gérard est allé signifier poliment à l'arbitre qu'il ne lui en voulait pas, et l'arbitre lui a offert sa cravate en s'excusant.

C'est un joueur accompli et un coéquipier modèle qui va durant cinq saisons – 1975-1979 – demeurer titulaire indiscutable en équipe de France. La première ligne qu'il forme avec le Biterrois Paco et le Palois Paparemborde est exemplaire. « Tu veux le 1 ou le 3 ? » lui demande Paparemborde, dans le vestiaire, au moment où les joueurs enfilent leurs maillots. Le numéro un, c'est le pilier gauche, le numéro trois, le pilier droit. La plupart des joueurs de ce poste finalement très technique se sont spécialisés d'un côté ou de l'autre de la mêlée, certains depuis qu'ils étaient juniors. Réponse de Gérard : « Celui que tu ne veux pas. Ça m'est égal. » Outre Paco et Paparemborde, Gérard fut associé, en tête de mêlée, au Basque de Saint-Jean-de-Luz Ugartemendia – petit gabarit, grand talent –, au Briviste Yachvili – polyvalence dans le haut de gamme –, au Béglais Swierzinski – un pain de dynamite –, au Bayonnais Dospital – indéracinable – et à un fameux pilier pour qui il nourrira de l'affection, le Biterrois Vaquerin. On sait que ce personnage romanesque et tragique s'est tué d'une balle de revolver en jouant,

Prêts pour la 3e mi-temps.

FFR

si l'on peut dire, à la roulette russe. Aux fesses pour bien caler l'attelage, un autre Biterrois non moins fameux et non moins romanesque, l'immense Estève, et le duo du match de Lyon contre les Springboks, Palmié-Imbernon. Tous les trois dépassant le quintal. La troisième ligne pouvait rayonner, et de fait Rives, Skrela et Bastiat complétèrent admirablement un pack d'élite. Rives et Skrela de Toulouse, Bastiat de Dax. Rives : longue chevelure blonde, pas très grand, pas très lourd, mais intrépide en défense et doué d'un sens inné du jeu. Capitaine dans l'âme et qui le sera ultérieurement. Skrela : un jaguar bondissant dans les espaces, athlétique autant que technique, élégant de surcroît. Bastiat : un autre géant, ancien basketteur comme Dauga, sauteur, plaqueur, botteur, dévoreur d'espaces, adroit et avisé. Toutes les vertus d'un Landais de Pouillon à la fois enraciné et ouvert. Dans ce pack, Gérard est le seul à n'avoir pas l'accent du Sud.

Aucun orchestre ne peut jouer juste sans un chef à la baguette. Souvent c'est le demi de mêlée, et Dufau, Danos, Camberabero, Lacroix ont successivement dirigé la manœuvre des équipes de France. Sera-ce Astre le successeur de l'illustre Danos à Béziers ou bien Fouroux, un Gersois d'Auch expatrié à La Voulte ? Ce dernier est un mousquetaire dans l'âme, haut comme trois pommes, mais haut en couleur avec son verbe flamboyant. Il est malin, mutin, coquin ; derrière un pack, il aboie comme un chien de berger, chaussettes sur les talons, boueux à souhait, pas craintif le moins du monde. Il ressuscite d'Artagnan et c'est lui que l'on charge de commander la section d'assaut. Parce qu'il a du cœur au ventre. De l'entrain. De la verve. Comme d'Artagnan jadis, il saura insuffler aux Porthos du paquet d'avants – Cholley, Imbernon, Palmié, Bastiat – la foi qui soulève les montagnes.

Pages précédentes : Un des rares matches où Gérard joue seconde ligne.

Pages suivantes : En 1977, l'équipe du grand chelem pose après un entrainement pour France 3.

Gérard lui voue une affection mi-fraternelle mi-filiale. Fouroux le fait rire en semaine, presque pleurer le samedi, dans le vestiaire, juste avant d'entrer dans l'arène – Twickenham, Murrayfield, Lansdowne Road, Arm's Park. Avec ce chef de commando incomparable, les tricolores vont s'aguerrir en 1976 en battant toutes les équipes, sauf le pays de Galles, apparemment invincible encore que n'ayant marqué qu'un essai contre deux pour la France. La saison suivante, ils atteignent le but suprême pour une équipe de France : le grand chelem. Quatre victoires sur quatre matchs contre les Britanniques, Gallois compris. Quatre matchs consécutifs avec les mêmes quinze joueurs sur le terrain. Quatre matchs d'affilée sans encaisser un seul essai. C'est le second grand chelem de l'histoire du rugby français, mais le premier, en 1968, sous le capitanat de Christian Carrère, avait consommé près de trente joueurs.

La bande à Fouroux s'est couverte de gloire. Un pack de métal trempé. Un botteur de grande envergure, le Montferrandais Romeu, originaire de Carmaux. Des attaquants racés : les deux Bagnerais Bertranne et Aguirre, dignes héritiers de Gachassin, le Voultain Averous, le Toulousain Harize, le Narbonnais Sangalli.

D'autres que Gérard auraient pu se laisser griser, car enfin il revient de loin. Or, il savoure la belle aventure avec son naturel, sa simplicité, fier à juste titre sans jamais oublier ce qu'il doit aux autres. Fouroux bien sûr, ses équipiers de l'équipe de France, mais aussi ceux de son club et avant tout sa famille. Les Cholley de Fontaine-lès-Luxeuil n'ont pas les moyens de monter à Paris pour voir jouer leur fils ou leur frère au Parc des Princes. Gérard tient pourtant à leur présence. Alors, son frère Pierre organise les déplacements en autobus, Gérard se procure des billets, et tandis que retentit *La Marseillaise*, chantée

FRANCE
3

Junior Bok

à haute voix, il éprouve un mixte de fierté, de patriotisme et de gratitude. Ils sont là, au Parc des Princes, ensemble comme au 13 de la rue de la Papeterie quand ils étaient enfants. Gérard sait exactement où se trouve sa mère dans les tribunes. Avant le match, la fratrie s'est rassemblée pour pique-niquer près de l'église d'Auteuil.

Quinze héros, une aventure, des souvenirs à la pelle, presque toujours liés à Jacques Fouroux, « le Petit », ce diablotin qu'ils aimaient tous, surtout les « gros », sa garde prétorienne, les remparts de sa citadelle intime. L'année du grand chelem, dans le vestiaire rustique de Lansdowne Road, à Dublin, Fouroux harangue sa légion. Il hurle. Il s'adresse à l'un puis à l'autre de ses avants. Gérard est assis, il a enfilé son maillot, il remonte ses chaussettes. Fouroux, debout, plante son regard dans le sien.

« – Tu es prêt ?
– Oui, je suis prêt.
– Vraiment prêt?
– Oui. »

Emporté par sa fièvre, Fouroux continue de « motiver » Gérard, se penche vers lui, le prend aux épaules. Gérard se lève posément et ses équipiers assistent à ce spectacle inédit : Fouroux, accroché à son cou, les pieds à cinquante centimètres du sol, poursuivant sa gueulante. Le même Gérard, la même année, dans un autre vestiaire, probablement celui de l'Arm's Park au Parc des Princes, parachève son échauffement en cognant du poing sur le plafond. On fait avec ce qu'on trouve. Le plafond se troue littéralement et les gravas tombent, mais nul n'y prête attention, l'heure est trop grave.

Séduits en fin de compte par son rayonnement sur les terrains, les journalistes britanniques finissent par le mythifier. Seul un surhomme a pu plier

Page précédente : Placage haut d'un demi de mélée courageux !

l'Anglais Cotton et le Gallois Price, deux « clients » pas commodes. Un chroniqueur avoue à Jean-Pierre Rives que Cholley fait peur à ses compatriotes. Réponse de Rives : « Je vous comprends. Même moi qui joue avec lui, j'ai peur. » Impossible d'imaginer un plus beau compliment. En réalité, Rives n'a peur de rien et de personne, mais comme tous ses équipiers il ne peut s'empêcher de frissonner en voyant Gérard, les oreilles ointes de vaseline, enfiler un maillot toujours trop étroit pour son encolure et s'ébrouer avec lenteur tel un fauve à l'instant de bondir sur sa proie.

L'année du grand chelem, Gérard est sélectionné dans une équipe du monde qui affronte les Springboks. Rien de moins. Il sera le seul à disputer les trois tests ; c'est dire le prestige qu'il s'est acquis depuis ses débuts sous le maillot tricolore. Rudesse n'exclut pas finesse : il sait tout faire, y compris mettre la main sur les yeux du talonneur Springbok pour l'empêcher de voir, et donc de talonner. Norton, le capitaine des All Blacks de la sélection du monde, a vu son honneur sauvé suite à la perte de deux ou trois ballons sur sa propre introduction. Cholley a dit « stop, on arrête ». Il a régulièrement « aveuglé » le talonneur adverse et est demeuré, ce jour-là, le « bon » de sa mêlée. Lors d'une tournée en Argentine, avec l'équipe de France, il « gifle », c'est-à-dire qu'il met une petite tapette, à un pilier argentin afin qu'il dégoupille, et encaisse deux pénalités aussitôt converties par Aguirre. Lors de cette tournée en Argentine, le pays est gouverné par une junte militaire, et à la fin d'un match un militaire prétend empêcher Gérard de rentrer au vestiaire. D'un coup d'épaule, Gérard l'explose. Le militaire le menace d'un pétard et les dirigeants doivent intervenir pour le calmer.

La carrière internationale de Gérard aura été tardive mais belle, trente-huit sélections, quatre tournées : en Afrique du Sud (1975, deux *test-matches*), aux États-Unis (1976, avec le Castrais Cimarosti), en Argentine (1977, deux *test-matches*), au Japon, à Hong Kong et au Canada. Il a côtoyé ou affronté les joueurs les plus prestigieux de sa génération. Comme il est arrivé en équipe de France à l'âge où certains la quittent, on l'associe au pilier chauve de Cahors Alfred Roques, comme un légendaire « Gaulois » des forces de la nature. Même simplicité, même rusticité, même impavidité dans la tempête, même longévité au plus haut niveau. L'année 1978, Fouroux est remplacé par le Toulonnais Gallion – Jambes de feu – et, sous le capitanat de Bastiat, la France retrouve la deuxième place, derrière les Gallois. Titulaire jusqu'en 1979, Gérard prendra alors sa retraite internationale, à l'âge de 34 ans. Il aura assuré la transition entre deux époques, celle avec Fouroux, celle sans Fouroux.

Les rendez-vous avec l'équipe de France ne l'ont pas soustrait aux exigences plus triviales du championnat avec Castres. Au stade Jean-Pierre-Antoine comme sur les terrains adverses, il reste la figure de proue de son équipe, assagi par l'âge et la conscience de ce qu'il doit à son statut d'international. On lui a confié le capitanat. Il prend cet honneur au sérieux. Chaque dimanche, Gérard est, pour l'adversaire, l'homme que l'on rêve de faire plier. Impossible. Même à Tulle, avec quarante de fièvre et une crise de foie. Les avants corréziens – Rossignol, Ayral, Fauvel – passent les Castrais à la moulinette, mais Gérard tient bon et exhorte sa troupe autant qu'il peut à la révolte. Certains s'efforcent de le faire dégoupiller. Il a appris à résister à la tentation. Enfin,

Ci-contre : Le pack des avants, en 1978.

Pages suivantes : France / pays de Galles, Parc des Princes, en 1977.

presque : il ne faut tout de même pas trop le taquiner, il a encore des munitions en réserve, pour les jours d'orage. Ses copains l'appellent « Cho-Cho » et on complète : « chauds, chauds, les marrons ! ». Sa tâche de joueur et de meneur serait plus facile s'il était à Béziers, à Toulon, au Racing, à Agen. De fait, un certain nombre de clubs plus huppés que le CO le contactent en agitant la carotte du chéquier. Il résiste aussi à cette tentation-là. Castrais il est, Castrais il restera jusqu'à l'âge de 35 ans, par attachement à la ville, au club, à ses équipiers, aux supporters du CO, qui l'ovationnent lorsqu'il entre sur « son » terrain de Jean-Pierre-Antoine. Les dernières années, il habite Muret. Cent kilomètres pour aller s'entraîner, ça fait beaucoup pour un quadragénaire de plus en plus accaparé par ses responsabilités professionnelles.

Au début des années 1980, Fouroux a été nommé sélectionneur en chef de l'équipe de France. Il s'entoure d'anciens du grand chelem et les missionne pour détecter ici et là les nouveaux talents et les faire mûrir dans les diverses sélections. Ainsi débute une nouvelle aventure, une autre approche du rugby : les acteurs ont quitté l'estrade pour devenir des metteurs en scène. Bertranne et Romeu sont chargés des trois-quarts, Bastiat et Cholley des avants. Au fil des saisons internationales, Gérard a tissé une amitié sans faille avec Romeu et Bastiat. Deux hommes singulièrement attachants, chacun dans son registre : Romeu plus introverti, Bastiat plus prompt à dégainer un humour savoureux. Romeu a pu apprécier, un dimanche de championnat, le sens de l'amitié de Gérard. Montferrand joue à Castres, sous la pluie, dans la boue. Le match est tendu. Romeu se chamaille avec un avant castrais qui passe pour laisser traîner la godasse si l'occasion se présente. Justement,

Romeu tombe à terre et voit ce joueur se précipiter vers lui avec des intentions manifestement inamicales. Il va, comme on dit, « s'essuyer les crampons ». Mais Gérard Cholley, capitaine du CO, le retient : « Lui, dit-il, on ne le touche pas. » Autrement dit : on cogne qui on veut, mais jamais un de mes amis. Le Castrais a obtempéré. Romeu a apprécié. « Gérard est un homme fiable et généreux. À chacune de nos retrouvailles avec l'équipe de France, il offrait des cadeaux à nos épouses, des produits de beauté du laboratoire Fabre. Et chaque fois que j'ai eu besoin de lui, il était là. Même s'il devait quitter Castres à cinq heures du matin pour me rejoindre à Clermont, comme ce fut le cas lors d'un tournoi de golf que j'organisais. »

Car Gérard s'est mis au golf, comme Romeu, André Boniface, Rives et beaucoup d'autres anciens qui, à défaut de pouvoir s'ébattre sur un stade, ont gardé le goût de la compétition… et de l'herbe. Handicap 17 : pas si mal pour un pilier qui ne joue pas souvent.

Les Toulonnais Christian Carrère et Gruarin complètent l'aréopage des sélectionneurs. Carrère a été un des plus grands joueurs de l'après-guerre et le capitaine du premier grand chelem avant de devenir un cadre important du groupe Ricard. C'est précieux pour Gérard, toujours un peu sur la réserve, de se frotter à un homme de cette envergure. Il va utiliser cette nouvelle expérience pour élargir le cercle de ses relations et sa vision du rugby : les micmacs politiques des dirigeants, les nouveaux enjeux, l'évolution du jeu à l'aube du professionnalisme. Ainsi, jusqu'en 1990, le verra-t-on à Paris, chez les Britanniques ou en tournée, dans le sillage de Fouroux, avec sa double casquette d'ancien international et de sélectionneur. Toujours impeccable : blazer, cravateclub. Le cigare complète la métamorphose du casseur de Lure en un personnage presque *british*.

Son pedigree et sa légende méritaient un jubilé inoubliable. Il eut lieu en 1987 au stade Jean-Pierre-Antoine, draina plusieurs milliers de spectateurs émus et une pléthore d'internationaux français (Bastiat, Claude Spanghero, Cécillon, Hueber, Rancoule, etc.) et étrangers parmi les plus prestigieux (Phil Bennett, Gareth Edwards, Carmichael, Dinu, JPR Williams, etc.). Deux matchs de gala opposèrent les équipes de Castres et de Muret, puis deux sélections françaises, en présence d'Albert Ferrasse, président de la Fédération – celui qui l'avait engueulé, pour mieux ne pas le sanctionner. La fête se prolongea toute la nuit sous le ciel tarnais. Plus de 50 000 € de recette furent offerts par Gérard à l'association Perce-Neige de Lino Ventura vouée à l'aide aux enfants handicapés, une cause qui lui tient à cœur. Le destin voulut que l'acteur meure trois jours après le jubilé, en sorte que Gérard remit au siège de la Fédération le chèque à sa veuve. La lettre de remerciements adressée par Ventura à Gérard Cholley aura été sa dernière missive.

Le professionnalisme n'existait pas à l'époque où Gérard apprenait sur le tas le rudiment rugbystique. Des primes modiques récompensaient les joueurs, surtout s'ils étaient allés vaincre à l'extérieur. La plupart du temps, ils les dilapidaient en tournées d'apéro. Gérard fut tout étonné le jour où un dirigeant lui remit une enveloppe contenant 200 francs. En billets, et pour cause : les primes n'étaient pas déclarées. Lorsqu'au long des années 1970 elles devinrent conséquentes, notamment dans les grands clubs, il fallut mettre au point des comptabilités occultes sur lesquelles les agents locaux du fisc fermaient pudiquement les yeux. Clandestine et artisanale,

Ci-contre :
L'une des dernières lettres de Lino Ventura à Gérard pour l'association perse-neige, le remerciant de son don de 50 000 euros.

Pages suivantes :
En 1987, les gloires du rugby mondial entre Slattery, Kennedy, Cholley, Edwards et Hunt (Williams et Borgir ne sont pas sur la photo).

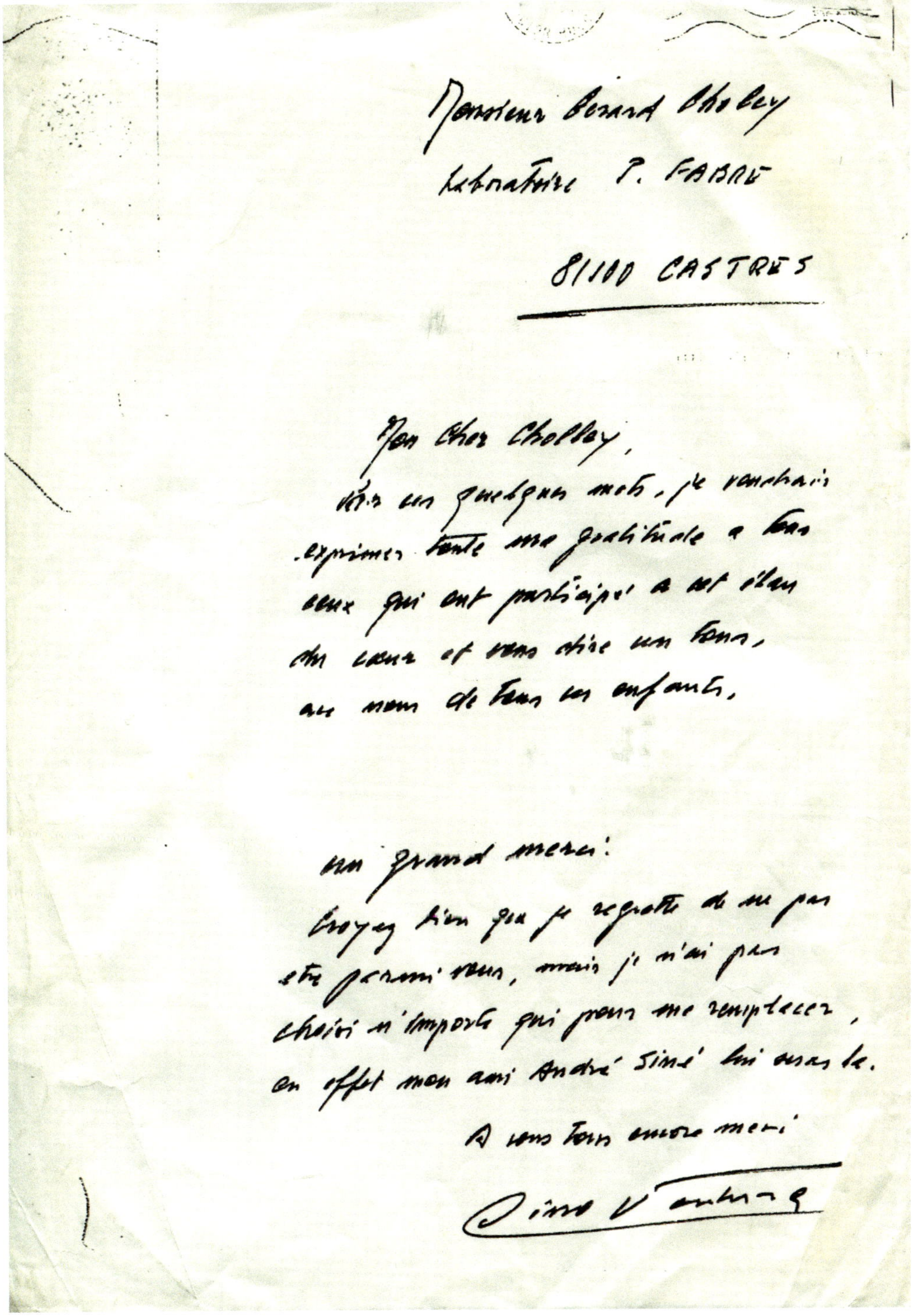

Monsieur Bernard Cholley
Laboratoire P. FABRE
81100 CASTRES

Mon Cher Cholley,

Par ces quelques mots, je voudrais exprimer toute ma gratitude à tous ceux qui ont participé à cet élan du cœur et vous dire à tous, au nom de tous ces enfants,

un grand merci !

Croyez bien que je regrette de ne pas être parmi vous, mais je n'ai pas choisi n'importe qui pour me remplacer, en effet mon ami André Siné lui aussi le.

A vous tous encore merci

Pierre [illegible]

L'EQUIPE DE FRANCE
CHAMPIONNE D'EUROPE 1984
adidas

EURO 84
SUZE

la rétribution des joueurs leur permettait d'arrondir leur pelote, mais ils demandaient surtout à leur club de les pourvoir en emplois stables. À terme, l'instauration du professionnalisme s'avéra nécessaire, car, avec les droits de retransmission et les sponsors d'un sport de plus en plus à la mode, l'argent afflua et les joueurs en bénéficièrent logiquement. Officialisé en 1995, par décision des autorités britanniques, le professionnalisme a métamorphosé le rugby en profondeur. Les joueurs de l'« élite » sont désormais des salariés dûment rémunérés, comme les footballeurs, et pourvus d'agents qui les mettent aux enchères. Les internationaux gèrent leur « droit à l'image », les plus médiatisés s'enrichissent en signant des contrats publicitaires.

Un ballon bien gardé.

RETRAITE SPORTIVE MAIS RETRAITE ACTIVE

adidas
45
JEAN LE BOURGET
adidas
11
l'alpe d'huez
JEAN LE BOURGET
adidas
31
DURET
DURET
DURET
SUPERSTEP

ESCLASSAN
CYCLES
ESCLASSAN
PEUGEOT
MICHELIN
Campag
T.I-RAL

ESCLASSAN
ESCLASSAN
AMAGNIC
CLUB

Rien de tel en 1965. Gérard Cholley a trouvé sa voie sportive, il est rugbyman, il ne sera donc pas un champion de boxe. Il se plaît à Castres, où il occupe un modeste logement dans une HLM ; il envisage de s'y ancrer, mais il faut trouver un emploi. Même les internationaux travaillent pour gagner leur vie, et Gérard n'en est pas encore à chevaucher la chimère d'une sélection en équipe de France. Avec ses épaules de déménageur, rien de plus logique qu'une embauche comme déménageur. Dont acte. Il exercera ce métier viril pendant quatre années, convaincu sans le dire que d'autres horizons s'ouvriront dans sa vie professionnelle. Il se sent, il se sait capable d'avoir d'autres responsabilités que le convoyage d'armoires à glace. Mais où ? Et comment ?

Une nouvelle fois, le destin lui tend une grosse perche. Castres, c'est historiquement le textile et le rugby, mais aussi un certain Pierre Fabre. Ce Tarnais de Lavaur au physique de demi de mêlée débuta comme pharmacien d'officine, à Castres précisément. Mais, sous les dehors d'une profonde modestie, il possédait à la fois l'intuition de l'inventeur et l'envergure de l'industriel. Ayant conçu sur le mode artisanal un produit pour les problèmes circulatoires, il monta un laboratoire pour le commercialiser.

Page 95 :
Rallye des champions avec Guy Novès et Jean-Luc Joinel (3e ligne, équipe de Brives).

Page précédente :
Moment de fête entre sportifs de haut niveau.

Ci-contre : Pierre Fabre montrant le nom du Castres Olympique sur le bouclier des juniors reichels, le championnat de France des jeunes. Sans lui le Castres Olympique n'aurait pu retrouver son lustre d'antan.

Trente ans plus tard, les laboratoires Pierre Fabre comptent parmi les ténors de l'industrie pharmaceutique française, voire européenne ; ils font vivre la région de Castres et sont même le premier employeur privé de la région Midi-Pyrénées. Tarnais de sang et de cœur, Pierre Fabre règne sur son département comme le pape sur la ville éternelle. Par une pente fatale, il a fini par s'intéresser au sort du Castres Olympique et en est devenu le sponsor principal. En conséquence, il s'extasie aux faits d'arme de Gérard Cholley, qui enflamme le stade Jean-Pierre-Antoine et régale la fierté longtemps en berne des supporters castrais. On le lui présente. L'homme lui plaît. Il le recrute comme chauffeur personnel, apprend à le connaître et, au fil du temps, lui voue une affection paternelle. Pierre Fabre n'a pas d'enfant et Gérard est un peu comme un fils, en nettement plus volumineux et avec l'accent du pays en moins. La rencontre entre ces deux hommes si différents, mais également atypiques, permettra à Gérard Cholley d'atteindre son objectif : une vraie promotion sociale.

Voilà donc le gladiateur du CO véhiculant le patron. La rumeur castraise lui prête, entre autres records sportifs, celui du nombre de voitures cabossées. C'est peut-être exagéré, mais il n'a pas encore trouvé sa vocation. Muté à la production, il va faire valoir au fil du temps ses qualités de travailleur sérieux et d'animateur. Il est nommé chef d'équipe, passe par la case agent de maîtrise avant de se voir confier à Muret la responsabilité du centre de distribution des produits du groupe. C'est une responsabilité de cadre – il en obtient le statut – et il l'exerce à sa manière, en payant d'exemple, toujours le premier au boulot et ne rechignant pas à transbahuter des cartons de ses propres mains. Il sait gérer. Il sait animer. Il est consciencieux. Il a le sens de la pédagogie appliquée. Il n'est pas un cadre ordinaire, eu égard à son prestige et à sa proximité affective avec le patron. Mais n'étant ni profiteur ni intrigant il n'en use que pour faire valoir des collègues de travail auprès de la direction. Sans cette générosité, il serait forcément jalousé.

On joue au rugby à Muret, sous-préfecture de la Haute-Garonne sise au pied des Pyrénées, entre Toulouse et Saint-Gaudens. Le club, l'Avenir murétain, évolue en championnat régional. Sa carrière est terminée, mais Gérard Cholley est toujours aussi sportif et le président Jeannot Ibos lui fait signer une licence au club. Bien évidemment, il est capitaine, et même capitaine-entraîneur. Nouveau challenge, nouvelle réussite : Muret grimpe les échelons, accède au niveau national – deuxième division – en battant Villefranche-de-Rouergue et manque de peu la montée dans l'élite de la première division. Gérard

Gérard a travaillé à la chaîne de production de Muret, de 1974 à 1989.

joue jusqu'à l'âge de 42 ans et, quand l'équipe de Muret se déplace, une certaine panique s'empare des joueurs du cru, surtout des piliers. Ils vont affronter le fameux Cholley – oui, celui du grand chelem ! –, ça leur promet des plaies et des bosses. Président et trésorier du club après sa retraite sportive, Gérard Cholley aura tout fait dans ce club, y compris le cuistot pour les repas d'après l'entraînement. Parce qu'il aime mettre la main à toutes les pâtes, donner de sa personne. Parce qu'il aime aider les autres.

Sa notoriété et son charisme ne pouvaient pas laisser indifférents les notables politiques locaux. Sollicité aux élections municipales, Gérard Cholley sera élu et accomplira trois mandats municipaux, dont deux comme adjoint aux sports. Par esprit d'indépendance, il n'adhérera à aucun parti, préférant l'action concrète sur le terrain, notamment auprès des jeunes. Les plus turbulents ont une vénération religieuse pour ce « vieux » champion qui se souvient d'avoir été, dans ses tendres années, un garçon pas commode. Il sait leur parler. Au conseil municipal, il découvre les rouages d'une administration locale, ça l'intéresse. Tout l'intéresse, toujours il cherchera – en lisant, en écoutant, en observant – à combler les lacunes d'une éducation forcément tronquée. Et il saura en tirer profit.

C'est lorsqu'il habitait Muret que survint pour Gérard une aventure, ou plutôt une mésaventure, devenue légendaire dans toute l'Occitanie. Il est alors président du club avec Amédée Maestrello et assiste à un repas avec ses joueurs, après l'entraînement, dans un restaurant de la ville. Le bar est resté ouvert. Un type entre, visiblement excité, et prend Gérard à partie. Gérard a l'habitude des raseurs qui après avoir bu l'apostrophent en termes plus ou moins délicats.

Il sort, repousse le type, qui manifeste une agressivité extrême. Il se met à courir, revient avec un flingue et défie Gérard, qui commence à trouver la plaisanterie de mauvais aloi. Il tire un coup au sol. Il en faudrait davantage pour déstabiliser Gérard Cholley, qui avance vers son agresseur et le menace d'une correction. La peur est toujours mauvaise conseillère. Le type a peur. Il braque son flingue vers le visage de Gérard et tire à bout portant. La balle frappe au bas du front, à deux centimètres des yeux. Le sang inonde le visage de Gérard. Il va tomber, raide mort. C'est fatal. Non. Avec lui, rien n'est fatal. Il reste debout, empoigne le revolver et s'apprête à régler son compte au voyou, à mains nues. Mais il glisse et l'agresseur fou en profite pour s'enfuir en courant. On saura plus tard qu'il sortait de prison. Plus tard encore, la rumeur affirmera qu'il y est retourné. Gérard n'a pas porté plainte. Les hommes de sa trempe répugnent à judiciariser un conflit. Pendant un certain temps, on s'étonnera de le voir rejoindre le comité de sélection affublé de lunettes noires comme un garde du corps dans un polar américain. Qu'il ait survécu sans autre dommage qu'une légère cicatrice est un défi aux lois ordinaires de la physiologie. Du coup, sa réputation d'invincibilité, glanée sur les stades, accède à la dimension du mythe homérique. Oui, Cholley a pris une balle en plein front, tirée à bout portant, et il n'est ni mort ni invalide.

Huit années plus tard, Gérard subit une intervention chirurgicale pour rectifier un nez cabossé par quinze années de combats rugbystiques. Anesthésie générale. À son intense surprise, le chirurgien découvre, incrustée dans le cal du front… une balle de revolver. Ainsi le cal, imputable aux entrées en mêlée dites « en bélier », de rigueur à l'époque, aura évité que la balle se loge dans le cerveau. Le chirurgien

Ci-dessus : Repas d'avant match du Stade français / Castres. Max Guazzini, président du stade français, Pierre-Yves Revol, président du Castres Olympique Cholley et Peter De Villiers, joueur international.

Pages suivantes : Karaoké entre amis. Gérard et David Douillet s'accordent.

l'a extraite, déposée dans une coupelle et donnée à Gérard en lui disant que d'habitude c'est sur des cadavres qu'il recueille ce genre de morceau de plomb. Cette balle – témoin de la folie humaine –, Gérard l'a récupérée, faite sertir dans un médaillon, et il la montre à ses amis en leur avouant une peur rétrospective : il serait mort, bel et bien, si elle avait atteint l'œil.

L'irruption d'une telle violence est totalement anachronique dans l'existence d'un homme aussi paisible. Il y a longtemps, très longtemps que Gérard ne fait plus le coup de poing. Au contraire, il s'efforce toujours d'arrondir les angles, il est devenu diplomate, il déteste l'agressivité. Néanmoins, il ne faut pas abuser de sa patience en attentant à sa dignité. Tels amis se souviennent d'un restaurant proche d'Agde où, à la table voisine, un colosse allemand l'a nargué tout au long du repas. Environné de minettes, le gars imite en ricanant le geste d'un bras de fer, signifiant qu'il plierait Gérard comme une serviette. Gérard reste coi, mais l'Allemand continue de se payer sa tronche, et ça, il n'aime pas trop. Son taux d'adrénaline monte sans que ses amis s'en soient aperçus. Le repas se termine, il se lève, passe devant le mariole et soudain, à la vitesse de l'éclair, il tire la nappe, empoigne la main du gars et plaque son bras sur la table. Les couverts volent, les minettes piaillent, le gars reste bouche bée. Gérard quitte le restaurant sans se retourner. L'imbécile méritait d'être mouché, c'est fait, rideau. D'autres amis se souviennent de cet Irlandais, tout aussi bêtement provocateur, que Gérard a rétamé au bras de fer en une seconde, cigare aux lèvres, dans un bar de Majorque. Deux exemples d'un comportement qui vise à ridiculiser la suffisance en usant, ponctuellement, d'une force qui jamais ne s'est exercée contre un faible. Au contraire. La force physique, c'est canalisée, codifiée sur un ring ou l'herbe d'un stade que Gérard la juge acceptable. Pas ailleurs.

Mais le plus impressionnant spectacle où il imposera son autorité et sa force naturelle se déroula sans doute à Rumilly. À une époque où cette petite bourgade de Haute-Savoie évoluait encore en première division, bien secondée par l'entreprise Tefal, et où il n'était jamais facile pour les cadors d'aller s'imposer dans ce petit stade rustique. Dirigeant du Castres Olympique et déjà devenu membre du comité de sélection de l'équipe de France, Gérard Cholley est apostrophé tout au long de la première mi-temps par des spectateurs qui lui attribuent le choix de l'arbitre, qui visiblement ne fait pas l'unanimité.

À chaque coup de sifflet contre l'équipe locale fusent des quolibets contre l'infortuné Gérard, qui se transforment en insultes : « Cholley, pourri, c'est toi qui a choisi l'arbitre. » L'affaire commence à s'envenimer lorsqu'un inconscient, plutôt chétif, se lève pour l'insulter encore plus vertement. « Alors, raconte Pierre-Yves Revol, son complice dont on reparlera plus tard, j'ai assisté à une scène incroyable. Dans la foulée de l'individu qui insultait Gérard, une centaine de spectateurs s'est levée pour montrer son courroux et hurler contre lui. Celui-ci s'est lentement déployé en tendant le bras, comme le faisait César, mais son visage traduisait une certaine tension. Suffisant pour que toute l'assistance menaçante se rassoie et reste coite. Nous n'avons plus entendu une seule insulte tout au long du reste de la partie, que le Castres Olympique a au demeurant remporté dans les arrêts de jeu. »

Pierre Fabre couvait comme un père « son » Porthos et, à la fin des années 1980, son collaborateur et homme de confiance, natif de Bourgoin, fût converti à la religion du Castres Olympique par le Président du club, Georges Beauville, qui avait bien compris que seul l'industriel Pierre Fabre pouvait, si il décidait de s'impliquer, sortir le club des difficultés récurrentes qu'il traversait sur le plan sportif comme sur le plan financier. Pierre-Yves Revol était prêt à s'impliquer et à faire du Castres Olympique un grand club, capable comme jadis de se mesurer aux ténors d'Ovalie, Toulon, Agen, le Stade toulousain, le Racing. Il sut convaincre Pierre Fabre. Mais avant de se décider, Pierre Fabre s'assura du soutien du maire de l'époque, un notaire socialiste, Philippe Deyvaux, qui venait de succéder au fils d'un ancien président emblématique du club, maître Roger Gabarrou. De concert, l'industriel et le maire décidèrent que cette aventure ne pouvait se concrétiser que si Gérard Cholley quittait Muret pour revenir à Castres et jouait un rôle prépondérant dans la vie du club. Son expérience et son image étaient des atouts pour relancer le Castres Olympique. Les laboratoires seraient le partenaire essentiel du CO, qui par le fait allait devenir aussi un vecteur important de la communication du groupe. Lequel s'était singulièrement étoffé depuis l'époque où Gérard Cholley véhiculait son patron. Ce groupe Pierre Fabre comprend désormais plus de 10 000 collaborateurs dans le monde, dont près de 4 000 dans la région Midi-Pyrénées. En plus du médicament, son fondateur a développé une activité dermocosmétique qui rayonne au niveau mondial. Après avoir racheté la petite station thermale d'Avène, dans la vallée de l'Orb dans l'Hérault, il la relance et, en s'appuyant sur les vertus thérapeutiques de l'eau d'Avène, qui traite toute les maladies de la peau, crée une gamme de produits cosmétiques « Avène » qui s'impose aujourd'hui dans toutes les pharmacies de France et à l'étranger comme une marque phare, enviée par tous les grands opérateurs du secteur. Un exemple parmi d'autres du génie visionnaire d'un capitaine d'industrie qui a toujours fui les micros et les estrades.

Un développeur qui reste à 85 ans l'âme et le chef d'une entreprise différente, qui réinvestit tous ses bénéfices et préfère mettre en avant la création d'emplois, surtout dans sa région, que ses bénéfices. Un entrepreneur qui investit chaque année des montants très importants dans la recherche, notamment en cancérologie, pour mettre au point des produits innovants dans ce secteur. Un patron désintéressé qui, pour sauvegarder l'indépendance de son entreprise et la pérenniser dans toute sa dimension, a déjà fait don de ses actions à une fondation reconnue d'utilité publique qui porte son nom et qui mettra à l'abri la société de tout risque de démembrement.

Autant dire qu'au siège des laboratoires Pierre Fabre, si on peut apprécier la beauté des lieux et des sites, l'importance accordée à la nature et aux espaces verts, on ne trouve rien d'ostentatoire. Le patron lui-même continue régulièrement à venir au bureau au volant d'une petite Clio grise.

Au fond, le soutien du groupe au club de rugby, c'est surtout pour son fondateur l'occasion de renforcer la mission d'entreprise citoyenne qu'il souhaite donner à sa société. Il a lutté pour se développer à partir d'une petite ville enclavée durant toute sa carrière. Cette ville, il veut la faire connaître et rayonner. Il veut aussi apporter de la fierté à ses concitoyens. Et il sait que le rugby est le seul sport ancré dans ce terroir qui peut faire parler de la ville mieux que toute autre forme de publicité.

Mais revenons à Gérard Cholley, il est le joueur le plus emblématique du club, un des anciens internationaux les plus connus dans le monde du rugby, en France et à l'étranger. Surnommé « le Patron », il a été désigné, par le quotidien anglais *The Times*, comme un des dix joueurs français les plus « effrayants ». C'est un titre de gloire qui en vaut bien d'autres. Son parcours de sélectionneur a enrichi sa palette et lui a permis d'étayer son carnet d'adresses. Partout on le reconnaît. Partout il est apprécié. On use, on abuse de sa gentillesse naturelle pour se procurer une place au Parc des Princes, au Stade de France ou à Jean-Pierre-Antoine les jours de matchs capitaux. Pierre-Yves Revol observe avec intérêt que Gérard Cholley, l'air de rien, dispose d'un réseau informel extrêmement vaste. « Je crois, dit-il, que c'était le seul à pouvoir faire rentrer sur le central de Rolland-Garros une personne démunie de billet le jour de la finale.

Gérard assure son put.

1996

Il disposait d'un réseau stupéfiant et en quelques années s'était lié d'amitié avec tous les contrôleurs de l'enceinte et attiré leur complicité. Dans cette enceinte ultrasécurisée, Gérard Cholley pouvait déambuler sans badge dans les endroits les plus privés et les plus difficiles d'accès. Même les ministres en exercice ne sont pas capables de cet exploit. » Gérard avait intégré, en 1989, à Castres, l'équipe de communication des laboratoires Pierre Fabre, en charge notamment des relations publiques à l'occasion des événements sportifs. C'était une fonction taillée à sa mesure, et dont Revol a eu lieu de se féliciter. Gérard personnifie l'enracinement du groupe dans son terroir tarnais, par le truchement du rugby d'élite. Tout aussi logiquement, il devient donc un dirigeant clé du CO. Qui saurait mieux jauger les aptitudes d'un avant ? Qui serait plus légitime pour motiver les joueurs avant une joute capitale ? Quel rugbyphile ne ressent un petit pincement de nostalgie en voyant prendre place dans une tribune ce moderne Obélix un peu arrondi par l'âge, le crâne rasé comme un officier para, l'œil gentiment malicieux ?

Comme par hasard, l'étoile du CO monte au firmament de l'Ovalie, avec des joueurs de renom recrutés par Pierre-Yves Revol – Gary Whetton entre autres, l'ancien capitaine des All Blacks. Personnage secret et discret, Revol a l'esprit d'entreprise et le sens de l'anticipation. Il peut donner au club, avec le soutien de Pierre Fabre, les moyens de son ambition au moment où le rugby va devenir professionnel. À vrai dire, il l'est déjà. Gérard sera son interlocuteur privilégié, son conseiller, et les deux hommes noueront une solide amitié. Deux introvertis pour une ambition avouée : les sommets de l'élite, et le titre de champion si possible. Pierre Fabre approuve et, comme à la fin des années 1940, le CO redevient un habitué des phases finales. En guise d'apothéose, il est sacré champion de France en 1993, au Parc des Princes, ayant battu le FC Grenoble en finale. Malice de l'histoire : les Dauphinois sont entraînés… par Jacques Fouroux, l'autre « patron » de Gérard Cholley. Ce soir-là, son cœur bat la chamade dans la tribune officielle, auprès de Fabre et de Revol. Le CO champion, le bouclier de Brennus à Castres, comme en 1949 et en 1950 ! Ce vieux CO à la tête duquel Gérard a ramé durant quinze saisons ! Le capitaine victorieux, Francis Rui, est le seul survivant de l'époque où les dirigeants comptaient sur Gérard non pour amener le bouclier de Brennus au bord de l'Agout, mais plus modestement pour ramener à Castres, les dimanches soirs, des jeunes pas trop amochés. Il était leur bouclier ; il est désormais la mascotte de leurs glorieux successeurs, l'idole des *aficionados* de Jean-Pierre-Antoine où les champions lui remettent le trophée. Sans Pierre Fabre, sans Revol et sans lui, le CO eut été voué au destin des clubs de villes moyennes, au passé glorieux mais qui n'ont pas su ou pas pu négocier à temps le virage du professionnalisme.

Gérard est devenu, sans peut-être qu'il s'en aperçoive, un grand notable de la région Midi-Pyrénées. Comme à Muret, les politiques castrais l'ont prié de valoriser une liste aux élections et il a été élu conseiller municipal. Mais dans l'opposition, ce qui n'est pas très exaltant quand par nature on préfère agir plutôt que commenter ou critiquer. Lorsque Pierre Fabre, promu grand-croix dans l'ordre de la Légion d'honneur, fut décoré par le président Sarkozy, les invités étaient peu nombreux dans la salle des fêtes de l'Élysée, et triés sur le volet. Quelques ministres, quelques gros patrons, quelques grands élus… et Gérard Cholley.

Un retraité bien
« booké ».

FAMILLE *AND CO*
DE GÉRARD CHOLLEY

Mari et père de famille comblé, Gérard a pris sa retraite près de Castres, sur les hauteurs des côteaux castrais. Son domaine n'est jamais vide. Outre des animaux en surabondance, on y croise des rugbymen, anciens ou en activité, des amis de toujours tels Jacques Bon et Raymond Fernandez, des journalistes curieux de voir de leurs yeux le phénomène Cholley. Jamais inoccupé car il s'occupe activement du CO, il prend néanmoins le temps d'aller sillonner au volant d'une grosse américaine les *highways* de sa seconde patrie. Toujours en famille : sans la tendresse des siens, on sent bien qu'il serait orphelin ; il faut avoir vu ses filles Salomé et Paloma se pelotonner comme des chatons contre ses épaules démesurées, en râlant gentiment quand papa allume sa télé pour regarder un match. Son épouse Perrine était issue de la culture équestre, mais il a bien fallu qu'elle s'initie au rugby : à Gramusse, toutes les conversations tournent plus ou moins autour d'un ballon ovale, et chaque apéro convoque un chapelet de souvenirs. Le benjamin Simon-David, bien balancé pour son âge, est aussi sportif que son père, mais pour l'heure il semble avoir opté pour le basket – il joue avec le n°13, son père jouait 1 ou 3 ! Gerome quant à lui a hérité la passion (tardive)

Page 117 : Gérard et son fils, Simon-David.

Pages précédentes : La fratrie de Gérard.

de son père, c'est un très bon deuxième ligne de Colomiers, dans la banlieue de Toulouse, l'ancien club de Galthié. Estelle, l'aînée de Gérard, est ingénieur, à Toulouse également. Toulouse, la capitale de cette Occitanie où le rugby et le radical-socialisme font la noce autour d'un cassoulet, avec les montagnes Pyrénées sur la ligne d'horizon quand le vent d'autan est bien luné.

Le CO est l'autre famille de Gérard. De son temps, on s'entraînait deux fois par semaine, en fin de journée, au stade Jean-Pierre-Antoine, et on récupérait au buffet de la gare les calories dépensées sur l'herbe. La diététique n'avait pas cours, ni la sophrologie, ni la musculation, et les combinaisons que l'on répétait étaient des plus sommaires. Touches courtes ou longues, mêlées, renvoi aux vingt-deux, côté ouvert, côté fermé, regroupements. On partait en car le samedi après-midi, et souvent les dirigeants avaient du mal à récupérer leurs joueurs après le dîner. Certains rentraient à l'hôtel en stop au milieu de la nuit et Gorsse, policier dans le civil, doit se souvenir de s'être fait alpaguer prés de Valence par un dirigeant… commissaire de police. On s'amusait beaucoup, on jouait avec ses tripes, on trinquait longuement avec l'adversaire dans la brasserie qui tenait

Le 21 juin 1997,
Gérard et Perrine
accompagnés de
leurs témoins.

Salomé et Simon-David Cholley.

lieu de siège. On rentrait dans la nuit du dimanche au lundi avec une cargaison d'ecchymoses, et à huit heures du matin la plupart des joueurs étaient au boulot. Surtout Gérard, intraitable sur ce point. C'était un rugby à la bonne franquette. Désormais, le CO dispose du Lévezou, un centre sportif où les joueurs sont pris en charge du matin au soir, un peu comme dans une nurserie. On dose leur nourriture, on gonfle leurs muscles, on teste leurs capacités physiques, on bichonne leur psychisme, on leur apprend même à « communiquer ». Moins de galéjades et de marrons chauds. Ce sont parfois des étrangers de passage entre deux mercatos. Ce sont parfois des pros « hors sol », les salariés d'une entreprise qui pour boucler ses budgets ouvre des boutiques de « produits dérivés » – les fanions, les écharpes, les maillots. Très différent de ce que Gérard a pu connaître à Castres, à Muret et même en équipe de France.

C'est ainsi ; il constate avec une lucidité amusée l'évolution d'un jeu qui perd un peu ses racines à mesure qu'il gagne des téléspectateurs. S'il avait trente ans de moins, il serait plus riche et mieux entraîné. Mais tous les Castrais sont convaincus qu'il serait toujours le meilleur. Et tous les anciens que l'Ovalie était plus ensoleillée quand une cinquantaine de clochers convoitaient le Brennus en ressuscitant la soule d'antan. À quoi bon ressasser ? Gérard a conscience d'avoir vécu à son crépuscule un rugby épique et drolatique ; ça ne l'empêche pas de demeurer un supporter du CO « moderne ». D'autant plus que le CO reste, grâce au soutien de Pierre Fabre, l'un des derniers bastions historiques représentant les petites villes au sein du Top 14, la compétition d'élite de notre rugby professionnel. Un club qui peut encore se permettre, à l'occasion, de damer le pion à son voisin régional, l'immense Stade toulousain, qui cumule les titres de champion de France et d'Europe, et rayonne sur le rugby national, où les grandes métropoles dotées de vastes enceintes pour accueillir plus de 30 000 spectateurs jouent désormais les premiers rôles.

L'année dernière, le club a fait chuter le Stade toulousain, mais à Béziers, où il avait migré pour accueillir plus de public que dans son antre historique du stade Jean-Pierre-Antoine, qui, bien que rénové, peine les jours de grands matchs à satisfaire tous les *aficionados*.

Et puis s'il a son lot d'étrangers, le club cherche plus que d'autres sans doute à créer des liens de proximité avec son environnement, et le public peut encore apostropher les joueurs, les cajoler à la fin des matchs. Il est entraîné par deux compères, Laurent Travers et Laurent Labit, qui fut champion de France avec le CO en 1993. Le petit demi de mêlée, Alexandre Albouy, évoluait déjà dans l'équipe cadet du Castres Olympique, comme le grand troisième ligne Yannick Caballero, l'un des meilleurs sauteurs de notre championnat. Le minuscule buteur, Romain Teulet, meilleur artilleur du Top 14, surnommé « Robocop » en raison de sa préparation toute particulière, bras tendus collés au corps, a effectué toute sa carrière professionnelle au club.

D'autres exemples pourraient être cités qui contribuent à donner à ce club un profil un peu différent dans l'univers plus aseptisé du rugby professionnel d'aujourd'hui. Comme le gladiateur du club, José Diaz, qui après avoir bataillé jusqu'à la quarantaine sur les terrains de France et s'être fait craindre, lui le sans-grade de tous les plus grands joueurs de l'Hexagone, entraîne désormais les espoirs du club qui aspirent à rejoindre les professionnels.

L'an dernier, le club s'est qualifié, comme la saison précédente, pour les phases finales du championnat. Il aurait pu lutter pour le titre sans une contre-performance à domicile en match de barrage contre Montpellier. Un jour sans pour Romain Teulet, qui a pour une fois raté la mire à quelques secondes du coup de sifflet final. Cette saison encore il rivalise pour l'instant avec les meilleurs, vient à nouveau de s'imposer largement devant le ténor toulousain et occupe même la place de leader du Top 14 Orange après 7 jours de Championnat.

Alors, les jours de matchs à Jean-Pierre-Antoine, Pierre Fabre est aux côtés de Gérard Cholley, dans la tribune, ainsi que Revol, devenu le président de la LNR (Ligue nationale de rugby), autant dire le patron du rugby professionnel français. Marco Arganèse n'est jamais loin : son ancien talonneur, toujours actif au sein du club, reste son complice privilégié, le miroir de ses tendres années. Gérard n'oublie jamais de lui amener un cigare : ainsi se pérennise en bouffées gourmandes une intimité « virile » de presque un demi-siècle.

Le temps n'a pas suspendu son vol. Francis Rui est mort comme Robert Paparemborde – « Papa » pour les intimes –, Armand Vaquerin et Jacques Fouroux. Sans ces joyeux drilles, la vie a perdu de sa saveur et de son insouciance ; la fratrie ovale de Gérard n'est plus au complet. En apprenant le décès brutal du

Paloma et Gérard Cholley.

« Petit », les joueurs du grand chelem de 1977 ont tous cru entendre les portes de leur jeunesse se refermer derrière eux à tout jamais. Fouroux s'était mis en marge d'une Fédération qu'il croyait lui être promise, il rêvait à fonds perdus de concilier le rugby pro et celui des clochers. Ses (bonnes) idées dérangeaient, son tempérament le vouait à prêcher dans le désert, il s'était fait beaucoup d'ennemis, mais sa garde prétorienne lui sera restée fidèle jusqu'au bout. Gérard plus que tout autre : il n'évoque jamais la mémoire de Fouroux sans une certaine émotion et, quand il téléphone à Bastiat ou à Romeu, le Gascon est toujours un peu au bout du fil.

Gérard Cholley est un sage. « Un homme vraiment correct » dit André Boniface, le prince des élégances rugbystiques. « Correct », dans le langage de « Boni », peut se traduire par « gentleman », et nul n'ignore, en terre d'Ovalie, que l'illustrissime « Dédé » est plutôt avare de compliments. « Il a mis des marrons pour protéger ses gars, ou pour réagir à une agression, mais il n'est pas méchant. Je crois même qu'il avait peur de sa propre force. Dans la vie, il a de la tenue. » L'aîné des « Boni » a pu apprécier Gérard au sein des Barbarians français, ce club éclos spontanément, en 1977, autour de la bande à Fouroux après son grand chelem et soutenu par Serge Kampf, le patron de Capgemini, un sectateur du rugby des origines, celui d'Oxford et de Cambridge. En référence à la tradition des « Baa-Baas » britanniques, l'esprit de ce club repose sur une belle équivoque : jouer pour gagner, mais en privilégiant l'esthétique et le panache. On s'y retrouve entre *happy fews* cooptés avec parcimonie, souvent chez Guy Savoy – trois étoiles Michelin, berjallien comme Revol, rugbyphile pratiquant. Gérard est un membre fondateur des Barbarians, comme Rives et Blanco, qui avec Kampf en pérennisent l'éthique. Comme Bastiat et Romeu, qui ne sont jamais loin quand on repère sa silhouette dans les tribunes du Stade de France. Il a le don de fraterniser aussi naturellement avec le supporter de base qu'avec Bébéar, Lachmann, Dauzier avant qu'il meure et tel autre patron du CAC 40 adoubé par les Barbarians. Ils ont tous plaisir à le retrouver, avec son léger sourire, son gros cigare et ses pointes d'humour. Aucune morgue de parvenu, juste la fierté d'avoir pu épanouir sa personnalité, et un sentiment de gratitude envers celles et ceux qui l'ont épaulé dans sa traversée de l'existence. Bien dans ses pompes, bien dans sa peau, bien dans sa tête.

Témoins de la reconnaissance qui lui fut portée, en 1979, Albert Ferrare décerne à Gérard Cholley la médaille du Mérite national. Suivra, la même année, la médaille d'or de la Jeunesse et des Sports que lui remet Marcel Batigne. Bien des années plus tard, il reçoit la médaille grand or du Travail qui récompense cinquante ans de travail, dont quarante au sein du groupe Pierre Fabre.

L'enfant prodigue de Fontaine-lès-Luxeuil n'a pas oublié son village, encore moins sa famille. Je l'ai accompagné un jour sur le théâtre de ses exploits juvéniles, là-bas, dans cet est de la France que l'Histoire a endeuillé et où le rugby peine à éclore. C'était l'hiver, il faisait froid. Avec une émotion pudique, il m'a montré l'humble logis des Cholley, l'église où il servait la messe sur la butte, ainsi que l'ancien presbytère et l'école « républicaine », comme un abrégé de la France d'autrefois. Le prêtre de la paroisse lui louait des livres, mais il fallait qu'il les lise en catimini, dans sa chambre, à la lueur d'une lampe électrique, et Gérard se souvient d'avoir ainsi dévoré avidement les deux tomes de *Michel Strogoff* en une nuit. Déjà le goût de l'aventure. Il se souvient aussi d'avoir ramassé dans les décharges cuivre ou alu qui lui permettaient de glaner quelques francs au ferrailleur afin d'emprunter d'autres livres à la bibliothèque municipale. Il a évoqué les processions devant le monument aux morts où, tous les 14 juillet, pour toutes les fêtes républicaines, les gamins des écoles étaient réunis et chantaient, tous ensemble, *La Marseillaise.* « C'est aussi pour cela que je suis républicain. » Puis il s'est rendu au cimetière, derrière l'église, pour se recueillir sur la tombe de ses parents et celle de son frère Pierrot. D'anciens voisins de sa famille l'ont reconnu, ils ont échangé des souvenirs. On l'a reconnu aussi dans le bistrot du village : les gens ont beau être loin de l'Ovalie, ils savent qu'un sacré champion est de chez eux, ça les flatte.

Gérard était ému en me montrant la papeterie – toujours en activité, mais plus Gunther et moins

« Le Grand Bleu »

rayonnante –, le ruisseau où il pêchait les écrevisses – en les aveuglant avec une lampe à carbure – avec ses copains, la forêt où il allait quasiment chaque jour ramasser le bois, le bourg voisin où habitait une fille jeune, belle et amoureuse de lui. Et cette côte qu'il fallait grimper en vélo (sans dérailleur) pour se rendre à Luxeuil. Aucun regret, mais tout de même un rien de nostalgie, égrené avec beaucoup de pudeur en compagnie d'Alain, un de ses frères resté au pays.

Nous avons fait escale à Lure, où il soutient activement les initiatives des dirigeants du club local. Car le rugby s'implante à Lure, par la grâce de quelques bénévoles. Gérard a revu la gare où il déchargeait les wagons, ça lui a rappelé cette fameuse bagarre, et il n'est pas le seul à s'en souvenir. En effet, les édiles locaux ont baptisé de son nom un petit stade où pratiquent les rugbymen en herbe du club. Une plaque, un ballon de bronze : stade Gérard-Cholley. Rien de plus insolite, dans la périphérie d'une sous-préfecture de la Haute-Saône. Rien de plus émouvant aussi que cet hommage. Le maire de Lure m'a raconté que certains bourgeois avaient émis des réserves : s'enorgueillir d'un baroudeur qui durant son adolescence avait mis leur ville à feu et à sang leur paraissait d'une pertinence douteuse. Le maire a passé outre et il a eu raison : Lure symbolise ce qui, à l'âge difficile, distinguait déjà Gérard d'un vrai mauvais garçon. Presque rien en apparence, tout ou presque en réalité. Le local du club de boxe n'existe plus, mais Gérard a aimé ce sport et reste convaincu que dans une autre vie il aurait pu devenir un moderne Carpentier, Cerdan ou Bouttier. Il est devenu Gérard Cholley, il n'a donc rien à regretter.

Ce pèlerinage témoigne d'une fidélité louable à ses racines, géographiques autant que sociales. Et d'abord familiales. Gérard a conscience de devoir à ses parents un solide fond de sauce morale : probité, travail, respect d'autrui, soutien aux plus faibles, patriotisme viscéral. S'il revient rarement à Fontaine, il accueille avec bonheur ses frères et sœurs à Gramusse, pour des agapes autour d'une piscine où il plonge sa lourde carcasse, hiver comme été. Il n'a jamais peur, il n'a jamais froid.

En cinquante ans de travail, Gérard Cholley n'a pris que deux jours de congé maladie parce qu'il a reçu un coup de pied dans la tête qui l'empêchait d'y voir clair.

Rugbyman de grande envergure et authentique gentleman, Gérard Cholley a fait honneur à ce coq qu'il arbora sur la poitrine jusqu'au crépuscule des années 1970. C'était déjà la crise, mais les Français ne le savaient pas ; ils retrouvaient l'allégresse de la décennie précédente en voyant ce David au corps de Goliath défier les Anglais à mains nues. Dans leur mémoire, il restera un double symbole de force gauloise et de panache à la Mousquetaire : les atours d'Obélix, l'âme de Cyrano. Bravo l'artiste !

« On est rien sans les autres »

Merci au public qui nous soutenait,

Qui avait froid quant j'avais chaud

Qui avait peur quant j'avais mal.....

Même si le Rugby se joue à 15, il faut s'imaginer les quinze individualités

Les quinze mecs, les quinze familles derrière !

« Pour respecter les autres, il faut se respecter soi même... »

Quant tu te dépasses alors tu as donné le meilleur, toujours devant, toujours plus fort ..

Et après c'est aux autres à toi le public d'en décider !!

A 66ans je remercie les fidèles supporters qui chaque weekend m'adulent encore....

Gérard Cholley

Les amis de Gérard, les *barbarians*.

Pour plus de renseignements
Éditions Privat
05 61 33 77 00
info@editions-privat.com
www.editions-privat.com

Corrections : Anne Desmier.
Cet ouvrage a été achevé d'imprimer en novembre 2011
sur les presses de l'imprimerie Art et Caractère à Lavaur (81).
Photogravure : Ombre et Lumière à Lavaur (81).
Imprimé en France.